David Gregory

Der Job

BRUNNEN
VERLAG GIESSEN · BASEL

David Gregory ist Autor des Bestsellers »Die Einladung« und »Die Reise« sowie Coautor von Sachbüchern. Nach einer Karriere in der Wirtschaft studierte er Religion und Kommunikationswissenschaften. Er lebt als Autor in Oregon.

David Gregory im Brunnen Verlag Gießen:
Die Einladung. Dinner with a Perfect Stranger
(Buch und Hörbuch)
Die Reise. A Day With a Perfect Stranger

Das Original erschien im Jahr 2008 unter dem Titel »The Next Level. A Parable of Finding Your Pace in Life« in Colorado Springs, Colorado, bei Waterbrook Press

Aus dem Amerikanischen von Dr. Friedemann Lux
Lektorat: Petra Hahn-Lütjen

www.brunnen-verlag.de
Umschlagfoto: Corbis, Düsseldorf
Umschlaggestaltung: Sabine Schweda
Satz: DTP Brunnen
Herstellung: CPI – Ebner & Spiegel, Ulm
ISBN 978-3-7655-1992-5

Meiner Mentorin
Sandra Glahn

Kapitel 1

Sich eine Stelle suchen war das Letzte, wozu Logan Bell Lust hatte an diesem Morgen. Videospiele, Klettern, Radfahren, Bodysurfen, einfach auf der faulen Haut liegen – er konnte sich hundert Sachen vorstellen, die er lieber gemacht hätte. Aber keine von ihnen würde ihm seine Rechnungen bezahlen. Oder ihm eine passende Antwort liefern, wenn sein Vater das nächste Mal anrief und fragte: »Na, Junge, hast du schon was Neues?« Das war vielleicht sein stärkstes Motiv: eine Antwort parat haben. Irgendeine.

Er hatte ja recht, sein Vater. Dass er gleich seinen ersten Job nach dem Studium geschmissen hatte, es machte sich nicht gut in seinem Lebenslauf, auch wenn sein Chef der letzte Mensch gewesen war. Nein, der Urlaub musste warten, ein neuer Job musste her – am besten einer in einem der führenden Software-Unternehmen. Gut möglich, dass Logans Betriebswirtschaftsdiplom ihn nie dahin bringen würde, wo sein Vater war: in die Chefetage einer großen Hightech-Firma. Aber überhaupt für so eine Firma arbeiten, das wäre schon was. Dachte Logan, als er seinen

Wagen auf den riesigen Parkplatz der Universal Systems Incorporated fuhr.

»Ich möchte mich um eine Stelle bewerben«, sagte er der Empfangsdame im Erdgeschoss, das sich »Ebene Eins« nannte.

Die Dame lächelte und zeigte auf eine ganze Batterie von Aufzügen zu ihrer Linken. »Da müssen Sie zum Direktor. Ebene Fünf.«

»Stimmt es, dass man sich bei Ihnen nur persönlich bewerben kann?«

»Jawohl. Beim Direktor, Ebene Fünf.«

»Direktor? Sie meinen den Personalchef?«

»Nein, den Direktor der Firma.«

»Sie meinen, den Chef? Ihr Chef empfängt Leute, die einfach hier reingeschneit kommen?«

»Ja.«

»Gibt es niemanden etwas weiter unten, den ich sprechen könnte? Ich ... ich suche keine Spitzenposition, wissen Sie.«

»Nein. Der Direktor führt alle Bewerbungsgespräche persönlich.«

Logan mochte es schier nicht glauben. Der Chef persönlich – in so einer großen Firma? Die Universal Systems belegte alle fünf Etagen (und die waren ungewöhnlich hoch) eines riesigen kreisförmigen Gebäudes. Hinter dem Empfangstisch erstreckten sich in allen Richtungen Gänge, Schreibtische und Einzelbüros, so weit das Auge reichte.

Nun gut, es hatte wohl keinen Zweck, weiter zu diskutieren. Logan drehte sich zu den Aufzügen hin, dann wieder zurück zu der Empfangsdame. »Äh … und wenn ich in der Ebene Fünf bin, was mach ich dann?«

»Sie gehen zum Büro des Direktors.«

»Und wie finde ich das?« Wenn der vierte Stock genauso riesig war wie das Erdgeschoss, konnte er womöglich stundenlang suchen.

»Das finden Sie auf Anhieb, gehen Sie einfach der Nase lang.«

Logan drehte sich wieder um und lief zu den Aufzügen. Hoffentlich hatte die Frau recht.

Einige Augenblicke später hielt der Aufzug an, die Tür öffnete sich. Die Ebene Fünf lag vor ihm, der nächste endlose Saal, der sich in alle Richtungen erstreckte. Keine Wand unterbrach den Blick auf die endlosen Reihen der Schreibtische. Komisch, an den meisten schien niemand zu sitzen. Aber da hinten – da saß eine Gruppe um etwas, das wie ein Konferenztisch aussah, und dahinter war ein Schreibtisch, hinter dem ein Mann saß. Logan ging in die Richtung.

Der Schreibtisch war oval, die Tischplatte mit Leder bezogen. Der Mann dahinter schien um die Vierzig zu sein und trug einen braunen Anzug und eine blaue Krawatte. Auf seinem Namensschild stand »Direktor«. Er erhob sich und hielt Logan seine Hand hin. »Willkommen auf Ebene Fünf. Was kann ich für Sie tun?«

»Mein Name ist Logan Bell. Ich ... möchte mich um eine Stelle bewerben.«

»Wunderbar. Setzen Sie sich doch.«

Logan setzte sich auf einen der Ledersessel vor dem Schreibtisch. »Ich ... ich bin etwas überrascht, dass man mich gleich zu Ihnen geschickt hat. Führen Sie die Vorstellungsgespräche alle selber?«

»So ist es.«

»Hätten Sie gerade etwas frei? Ich hab gehört, dies ist *die* Firma in der Branche.«

»Wir haben immer freie Stellen.«

»Und meinen Sie, dass ich der Richtige für eine von ihnen sein könnte?«

»Da bin ich sogar sicher.«

»Wie meinen Sie das? Sie kennen mich doch noch gar nicht.«

»Bei uns sind ständig Stellen aller Art frei«, antwortete der Direktor.

Dies hier war das komischste Bewerbungsgespräch, das Logan je erlebt hatte. Nun ja, sehr viele hatte er noch nicht gehabt: ein paar Ferienjobs als Schüler, vier Studentenjobs in den Sommersemesterferien und seine erste richtige Anstellung nach dem Examen.

»Sie meinen, Sie suchen ständig Leute für alle Positionen?«

»Ja.«

»Universal Systems muss ja wachsen wie verrückt.« In dem Moment, als die Worte aus seinem Mund waren, bereute Logan sie auch schon. Sie klangen so ... vorlaut. Und verrieten dem Chef natürlich, dass er sich nicht die Mühe gemacht hatte, sich über die Firma kundig zu machen, bevor er in ihr angeklopft hatte.

Doch den Direktor schien das nicht zu erschüttern. »Ja, wir wachsen ständig.« Er lehnte sich auf seinem Stuhl etwas zurück. »Und was würden Sie gerne bei uns machen, Logan?«

»Also ...« Dass dieser Mann hier ihm solch eine großzügige Frage stellte! Logan war mehr als erstaunt. »Ich habe Betriebswirtschaft studiert, und meine erste Position war in der Personalmanagementabteilung einer Chemiefabrik. Aber ich würde gerne für ein Unternehmen wie

Ihres arbeiten. Mein Vater ist Bereichsleiter bei Vescon Technologies, und da … hab ich gedacht, Hightech wäre das Richtige für mich.«

»Warum gehen Sie dann nicht einfach nach Vescon?«

»Ich weiß nicht, ob das auf Dauer so toll wäre.«

»Ich verstehe.«

»Und haben Sie im Bereich Personalmanagement Stellen frei?«

»Natürlich«, erwiderte der Direktor. »Aber darf ich Sie zuerst etwas fragen? Waren Sie gerne in der Personalmanagementabteilung?«

»Also, das war natürlich eine Einstiegsposition, und mit der Zeit wäre ich sicher aufgestiegen, und …« Er unterbrach sich. Was er da sagte, war der reine Stuss, und mit Stuss konnte er dieser Firma und diesem Mann nicht kommen, das spürte er. »Nein, es hat mir keinen Spaß gemacht.«

»Dann macht es keinen Sinn, wenn ich Ihnen wieder so eine Stelle gebe. Was tun Sie denn gerne?«

Ja, was machte er gerne? Das meiste konnte er im Beruf nicht verwerten. Aber halt – ein Fach in seinem Studium hatte er sehr interessant gefunden. »Ich mag Organisationsmanagement.« Er zögerte. »Aber das können Sie sich vielleicht schon denken. Also, es macht mir Spaß, mir anzuschauen, wie eine Gruppe oder Organisation funktioniert, und mir dann zu überlegen, wie sie besser funktionieren könnte.«

»Gut, dann werden Sie bei uns Organisationsmanager. Wir suchen schon eine Weile so jemanden. Sie scheinen unser Mann zu sein.«

»Sind Sie da sicher? Ich meine, ich hab da nicht groß Erfahrung drin. Es war halt im Studium mein Lieblingsfach.«

»Das reicht vollkommen. Die Erfahrung kriegen Sie dann schon von selber.«

»Wollen Sie nicht meinen Lebenslauf sehen?«

»Nein«, antwortete der Direktor. »Ich habe den Eindruck, Sie sind ein intelligenter, fähiger junger Mann. Ich bin sicher, Sie werden Ihre Arbeit gut machen.«

»Soll ich Ihnen den Lebenslauf dann zu dem zweiten Gespräch mitbringen?«

»Es gibt kein zweites Gespräch. Sie sind eingestellt.«

»Eingestellt? Einfach so?«

»Einfach so. Ich gehe immer nach meinem ersten Eindruck.«

Logan starrte den Direktor an.

Der Direktor beugte sich nach vorne. »Nehmen Sie mein Angebot an oder nicht?«

»Doch, ja, sicher. Ich meine ... Ich kann's einfach noch nicht fassen ...« Er verstummte. Besser nicht zu viel reden.

»Gut«, sagte der Direktor. »Dann darf ich Ihnen Ihre Tätigkeit erklären.«

Logan sollte seine Arbeit im Erdgeschoss, auf Ebene Eins, beginnen. Ein Personalmanagement-Mann namens Kyle würde ihn einarbeiten. Logan würde die Abläufe in der Abteilung beobachten und analysieren. Er würde mit den Mitarbeitern reden, an Besprechungen teilnehmen, die typischen Arbeitsprozesse untersuchen. Kyle würde dafür sorgen, dass er alle Informationen bekam, die er brauchte. Das Ziel war, herauszufinden, wo das Hauptproblem im Erdgeschoss lag, und dies dem Direktor zu berichten.

»Wäre es nicht sinnvoller, die Firma als Ganzes zu untersuchen, und nicht jedes Stockwerk einzeln?«, fragte Logan.

»Bei den meisten Firmen ist das in der Tat so, aber in unserer arbeiten die verschiedenen Abteilungen ziemlich selbständig. Jede hat ein ganzes Stockwerk für sich. Es gibt nicht viel Austausch zwischen den Abteilungen.«

»Vielleicht ist das schon das erste Problem?«

Der Direktor lächelte. »Darüber habe ich schon nachgedacht.«

Er schrieb etwas auf einen gelben Klebezettel und reichte diesen Logan. »Sie können mir einfach eine E-Mail schicken. Nichts Langes, Kompliziertes, einfach das, was Ihnen aufgefallen ist. Für mich brauchen Sie keine Romane zu schreiben.«

Es war fast zu schön, um wahr zu sein: Logan sollte also durch die Firma spazieren, beobachten, wie es in den Abteilungen lief, und berichten, was die Probleme waren. Das reinste Kinderspiel. Wenn er einen Aufsatz mit dem Titel »Mein Traumjob« hätte schreiben können, so gut wäre er nicht geworden.

»Haben Sie noch Fragen?«, fragte der Direktor.

Logan zögerte. Er hasste es, die schöne Atmosphäre dieses Gespräches womöglich zu zerstören, aber über eines der wichtigsten Dinge hatten sie noch gar nicht gesprochen. »Sie haben noch nichts über das Gehalt gesagt ...«

»Das wird Kyle machen. Ich bin sicher, die Höhe des Gehaltes wird Ihnen zusagen.«

»Und Sozialleistungen?«

»Erfahren Sie auch von Kyle. Bessere als bei uns kriegen Sie nirgends.«

»Und wer wird mein Vorgesetzter sein?«

»Ich.«

»Sie? Immer?«

»Ja. Sie werden meine rechte Hand sein, sozusagen. Meine Augen und Ohren in der Firma.«

»Und was für Aufstiegsmöglichkeiten habe ich? Das ist ein ziemlich wichtiger Punkt für mich.«

»Das kann ich gut verstehen. Wenn Sie alle vier unteren Abteilungen erfolgreich analysieren, bekommen Sie die Option, hier zu mir in die fünfte zu kommen.« Der Direktor nickte zu der Gruppe an dem Konferenztisch hin. »Sie werden dann in bester Gesellschaft sein, wenn ich so sagen darf. Aber zuerst müssen Sie Ihre Aufgabe erfolgreich erledigen.«

»Ich brauche also nichts weiter zu tun, als Ihnen zu sagen, wo in den anderen Abteilungen jeweils das größte Problem liegt?«

Der Direktor nickte. »Korrekt. Wir sind ein einfach strukturiertes Unternehmen, nicht wahr? Aber stellen Sie sich Ihren Job nicht zu leicht vor.« Er erhob sich und streckte Logan seine Hand hin. »Viel Erfolg. Ich freue mich, dass Sie gekommen sind.«

Logan nahm die Hand und schüttelte sie. »Danke, Sir. Ich hoffe, ich werde das Vertrauen, das Sie in mich setzen, nicht enttäuschen.«

»Sie können jederzeit zu mir kommen und mit mir reden«, sagte der Direktor. »Sagen Sie mir, wie es bei Ihnen geht. Wenn Sie Fragen oder Sorgen haben, kommen Sie einfach hier rauf.«

»Zu wem muss ich gehen, um einen Termin zu bekommen?«

»Zu niemandem. Kommen Sie einfach hier rauf.«

»Aber ich muss mich doch sicher bei Ihrer Sekretärin melden?«

»Ich habe keine Sekretärin. Kommen Sie einfach zu mir, ich bin immer da.«

»Okay, danke. Vielen Dank, Sir.«

Logan drehte sich um, trabte an dem Konferenztisch vorbei zu den Aufzügen und fuhr zurück ins Erdgeschoss. Er traute sich nicht, die Frage zu stellen, die ihm durch den Kopf ging – warum der Direktor den ganzen vierten Stock praktisch für sich hatte. Was für eine Raumverschwendung! Vielleicht würde er dieses Problem irgendwann einmal zur Sprache bringen. Im Augenblick war er froh, so schnell an eine Stelle gekommen zu sein – und an was für eine!

Kapitel 2

Nach einem zwanzigminütigen Marsch vorbei an diversen mit verschiedenen Farben markierten Bereichen der Ebene Eins erreichte Logan endlich den Schreibtisch seiner Kontaktperson, Kyle Reidmeier. Kyle, ein dünner junger Mann mit einem »Allzeit bereit«-Gesicht, stand auf, als Logan näherkam. Logan trug sein Anliegen vor.

»Die Dame am Empfang hat gesagt, ich kann mir einen Schreibtisch hier unten aussuchen.«

»Das stimmt. Hier sucht sich jeder seinen Arbeitsplatz selber aus. Wo möchten Sie gerne hin?«

»Jeder sucht sich seinen Arbeitsplatz aus? Wie funktioniert das?«

»Nun, wir haben ja Telefon.«

»Kommen Sie nie zu Besprechungen zusammen oder so?«

»Die Personalmanagementleute treffen sich einmal die Woche zum Lunch, und ebenfalls einmal in der Woche haben wir eine allgemeine Mitarbeiterversammlung – also die Mitarbeiter hier unten.«

»Und die Kollegen in den anderen Etagen?«

Kyle sah ihn an, als ob er an seinem Verstand

zweifelte. »Die anderen Etagen? Mit denen haben wir keinen Kontakt.«

»Ach, so. – Also, mir ist eigentlich egal, wo ich sitze. Obwohl ich normalerweise gerne bei denen sitze, die zu meinem Team gehören.«

»Team gibt's nicht, Sie sind der einzige Organisationsmanager hier. Aber Sie können gerne hier bei mir sitzen. Die anderen sind fast alle Technikfreaks, da wäre es ganz nett, jemanden in der Nähe zu haben, der normal spricht.«

»Klingt gut.« Logan legte seinen Rucksack auf einen der Tische in der Nähe und ließ sich auf dem Stuhl, der gegenüber von Kyles Schreibtisch stand, nieder. Sie sprachen über Logans Gehalt (das mehr als großzügig war, ganz so, wie der Direktor gesagt hatte), die Sozialleistungen (auch diese nicht schlecht) sowie ein paar der Regeln und Gebräuche der Abteilung (es schien erfreulich wenige zu geben). Dann sagte Kyle: »Am besten machen wir jetzt zuerst eine kleine Schlossführung, damit Sie ein paar Kollegen aus meinem Team kennenlernen. Sie sind zwar nicht direkt ein Personalmanager, aber doch was Ähnliches, also willkommen im Club.« Er lächelte und stand auf, und sie begannen ihren Rundgang.

*

»In dem Laden hier wird man es nie zu was bringen.« Der Mann hinter dem Schreibtisch, vor dem Kyle und Logan standen, hieß Phil Lynch, war eine Spur zu dick und trug ein geschmacklos gestreiftes Hemd. »Aber da Sie schon mal da sind – Sitzen kostet dasselbe.«

Sie setzten sich auf die beiden Stühle gegenüber Phils Schreibtisch. Es war das gleiche Ensemble wie bei allen anderen Computerarbeitsplätzen in dieser Abteilung.

»Das hatte ich noch gar nicht gesagt«, erklärte Kyle. »Phil ist unser Optimist.«

»Ich bin nur realistisch, Kyle«, konterte Phil. »Kannst es ruhig zugeben.«

Logan fühlte sich von Phils unverblümter Art eher angezogen als abgestoßen. Er wollte alles herausfinden, was es in diesem »Laden« Negatives gab. Besser jetzt sofort als erst, wenn er ein halbes oder ganzes Jahr vergeudet hatte.

»Wie meinen Sie das, dass man es hier nie zu was bringen wird?«

»Schauen Sie sich doch mal die Gehälter an.«

»Meines scheint mir ganz anständig zu sein.«

»Na ja, für ein Arbeitstier vielleicht. Aber wie wollen Sie reich werden, wenn Sie im Personalmanagement für jemand anderes arbeiten?«

»Organisationsmanagement«, verbesserte Kyle.

»Wer hat gesagt, dass ich reich werden möchte?«, fragte Logan.

»Wenn Sie's nicht werden wollen, sind Sie selber schuld. Geld macht glücklich. Nennen Sie mir jemanden, der ein erfülltes Leben hat, und ich zeige Ihnen sein fettes Bankkonto, sein Ferienhaus am Pazifik und mindestens einen italienischen Sportwagen, den er nur so zum Spaß in der Garage stehen hat.«

»Erzähl ihm mal von deinem Plan, reich zu werden, Phil«, sagte Kyle.

»Nun, in 85 Prozent aller Fälle steigen die Kurse der New Yorker Börse in den ersten dreißig Minuten des Tages. Hier, schauen Sie.« Er drehte den Bildschirm seines Computers in Logans Richtung. »Dies ist die Entwicklung des Börsenindexes von New York in den jeweils ersten dreißig Minuten der letzten zehn Tage. Wie finden Sie das?«

»Sieht interessant aus«, murmelte Logan.

»Ich besorg mir meine Maklerlizenz, und dann werd ich nur in der ersten halben Stunde kaufen und verkaufen.«

»Und dann?«, fragte Logan.

»Und dann kauf ich mir ‘ne kleine Insel in der Karibik und setz mich dort zur Ruhe.«

»Und was machen Sie da?«

»Am Strand sitzen, meine Cocktails trinken und Mädchen nachschauen. Oder den Jungen.« Phil zwinkerte Logan zu. Der reagierte nicht. »Ich werd ein lustiger Rentner sein und das Leben genießen.«

»Dann viel Erfolg«, sagte Logan. »War schön, Sie kennenzulernen. Auf gute Zusammenarbeit.«

»Machen wir doch gerne.« Phil vertiefte sich wieder in seinen Computer. »Aber hoffentlich nicht mehr lange.«

Kyle schüttelte den Kopf, als sie weitergingen. »Buchen Sie Ihren Flug in die Karibik, um Phil zu besuchen, besser noch nicht.«

»Das hab ich nicht vor. Er scheint nicht so ganz der loyale Mitarbeiter zu sein, wie?«

»Kann man so ausdrücken. Manchmal geht er mir echt auf den Nerv.«

»Warum unternehmen Sie nichts dagegen? Ich meine, das ist doch hier die Personalmanagement-Abteilung.«

»Ach, dafür ist er nicht wichtig genug. Und die meisten anderen hier unten sind ganz passabel. So wie Sie.«

»Danke für die Blumen.«

Kyle stellte Logan mehreren weiteren Mitarbeitern vor, die zum Glück alle einen normalen Eindruck machten. Auf dem Weg zwischen den Schreibtischen klärte Kyle seinen neuen Kollegen über den Flirtquotienten in der Abteilung auf.

»Das ist ja die reinste Seifenoper hier«, kommentierte Logan.

»Kann man so sagen. Aber warten Sie, bis Sie die ultimative Kollegin kennenlernen.«

»Wer ist das?«

»Beth. Sie hat heute frei. Aber mehr sag ich nicht, machen Sie sich selber ein Bild.«

Sie gingen zu Logans Schreibtisch zurück. Bevor er sich setzte, sah Logan Kyle an. »Vielen Dank für die Schlossführung, das hat mir echt geholfen. Ohne wär ich mir hier schon ein bisschen verloren vorgekommen.«

»Keine Ursache. Ich hab übrigens schon die ersten Termine für Sie mit Leuten aus Marketing, Verkauf, Software-Entwicklung und Technik arrangiert. Die Liste liegt auf Ihrem Schreibtisch.«

»Cool. Besten Dank.«

»Machen wir doch gerne.«

»Ach ja, noch was: Wie wär's, wenn wir uns mal irgendwo zum Lunch treffen?«

»Gerne. Nächsten Freitag kann ich gut. Wir treffen uns am besten in unserer Cafeteria, die ist gut und billig. Oder wollen Sie sich Ihr Essen von zu Hause mitbringen? Wir haben Kühlschränke hier zum Aufbewahren.«

»Danke, ich geh lieber in die Cafeteria. Bin kein großer Koch.«

*

Am nächsten Morgen – sie waren inzwischen zum »Du« übergegangen – führte Kyle Logan zu dem Schreibtisch der Personalmanagement-Kollegin, die er gestern noch nicht kennengelernt hatte: Beth. Sie entpuppte sich als braun gebrannte Schönheit Mitte zwanzig, mit rotbraunem Haar und einer schwarzen Bluse mit großzügigem Dekolleté, das noch großzügiger wurde, wenn sie sich nach vorne beugte. Was sie prompt tat, als sie Logan über den Schreibtisch ihre Hand hinhielt.

»Hallo, ich bin Beth Glaston. Schön, dich kennenzulernen – wir sagen gleich ›Du‹, nicht wahr?«

»Danke, gleichfalls.« Logan versuchte tapfer, ihr Gesicht und nicht ihren Ausschnitt zu betrachten. »Äh … Gestern haben wir uns noch nicht gesehen.«

»Stimmt. Vorgestern war's ein bisschen spät geworden bei mir, hab 'nen ganzen Tag gebraucht, bis ich wieder lebendig war.«

An der Seite ihrer Zunge war ein Piercing.

Die drei machten ein paar Minuten Smalltalk, bis Kyle Logan wieder unter seine Fittiche nahm. »Beth ist eine Nummer für sich«, kommentierte er, als sie außer Hörweite waren.

»Ja, das kann man sagen«, erwiderte Logan. Er schaute zurück in ihre Richtung, aber ihr Kopf war hinter ihrem Computer verschwunden.

»Bei Beth musst du aufpassen, sie kann etwas heftig sein zu den Männern.«

»Was gibt's da aufzupassen? Ich hätte nichts dagegen, sie ein bisschen näher kennenzulernen.«

»Das ist es ja. Sie lernt jeden ›besser kennen‹, der in ihre Nähe kommt. Du wärst der Letzte in einer ganzen Schlange von Opfern. Ich rede nicht aus Erfahrung, natürlich.«

Logan lachte. »Okay, werd mir's merken. Danke für die Warnung.«

*

Am Nachmittag saß Logan an seinem Schreibtisch und studierte die Telefonanlage, als plötzlich Beths Kopf vor ihm erschien. »Kann ich dir was helfen?«, fragte sie.

Logan sah sie an. »Ich glaub, das meiste hab ich kapiert. Nur das mit der Konferenzschaltung ist mir noch nicht ganz klar.«

»Da ist die Betriebsanleitung hoffnungslos. Hier, ich zeig dir, wie's geht.«

Sie zog einen Stuhl neben seinen. Als sie sich setzte, strich ihre Brust an seiner Schulter entlang. Logan bemerkte ihr Parfüm. Und ihren eng sitzenden rosa Pullover, der ihren schwarzen BH nur mit Mühe bedeckte. Es war schwierig, es nicht zu bemerken, wie aufregend weiblich Beth war.

Sie ging mit ihm die Schritte durch, die nötig waren, um Konferenzschaltungen aufzubauen bzw. sich einzuklinken.

»Danke, das war gut«, sagte Logan, als sie fertig waren.

»Du lernst schnell, gratuliere. Apropos Lernen – ich mache gerade ein Seminar an der Volkshochschule, in Kunstgeschichte.«

»Echt? Kunstgeschichte hätte ich auch gerne gemacht, aber mein Semesterprogramm war immer zu voll.«

»Morgen hab ich da eine Klausur, für die ich noch lernen muss. Muss die Namen von diversen Malern und ihren Werken auswendig können. Könntest du mir da heute Abend vielleicht helfen? Wenn du nicht schon was anderes vorhast, natürlich.«

»Heute Abend?«

»Ja. Bei mir. Vielleicht um halb acht? Ich besorg uns beim Chinesen was zu essen.«

Logan öffnete das E-Mail-Programm auf seinem Computer. »Also, ich …« Er zögerte. Sollte er sich diese Gelegenheit wirklich durch die Lappen gehen lassen? »Ich glaube, ich arbeite mich erst mal ein bisschen hier ein, bevor ich Besuche bei meinen Kollegen mach. Aber danke für die Einladung.«

Ihr Rücken wurde eine Spur gerader. »Oh. Ich hoffe, du hast das jetzt nicht falsch aufgefasst. Ich hab gedacht, du kannst mir bei der Klausurvorbereitung helfen, das war alles.«

»Sicher. Vielleicht das nächste Mal.«

Kapitel 3

In der folgenden Woche hatte Logan Gespräche mit mehreren Managern der Ebene Eins. Sie tauschten sich über die Kommunikation zwischen den verschiedenen Abteilungen aus, über Rivalitäten bezüglich der Verteilung der Ressourcen, die Ziele der Abteilungen und inwieweit sie übereinstimmten, das Niveau, auf dem die Ziele definiert wurden, und inwieweit die Angestellten sich die Ziele zu eigen machten.

Ein erstaunter Logan erfuhr, dass einer der Manager praktisch seine eigene Firma hatte, die er von seinem Schreibtisch aus leitete. »Hier, schauen Sie sich die Aufträge an, die heute Morgen reingekommen sind«, sagte er Logan, während er ihm stolz seine Internetseite zeigte.

Ein anderer war gerade am Telefon, als Logan zu ihm kam, und unterhielt sich über die richtige Strategie in irgendeinem Wahlkampf. Es zeigte sich, dass er sich in der kommenden Kommunalwahl in den Stadtrat wählen lassen wollte.

Zwei Wochen nach Beginn seiner Tätigkeit hatte Logan genügend Gespräche geführt, an genügend Besprechungen teilgenommen und allgemein genug beobachtet, um dem Direktor eine erste Diagnose mitteilen zu können. Er machte sich in einem der Lehrbücher aus seinem Studium über die richtigen Fachausdrücke kundig und tippte seinen Bericht in den Computer. Er hielt ihn bewusst kurz, so wie der Direktor ihn gebeten hatte. Dann schrieb er eine kurze Begleit-Mail, fügte den Bericht als Anhang dazu und drückte »Absenden«.

Sehr geehrter Herr Direktor,

systemtheoretisch betrachtet, besteht das Haupthindernis, das einem effizienten Funktionieren der Ebene Eins entgegensteht, in einem Mangel an kooperativer Kommunikation zwischen den Abteilungen, sowohl auf der Ebene der Supervision als auch auf der der individuellen Operation. Meines Erachtens liegt die Ursache dieses Problems in Defiziten in den allgemeinen Zielvorgaben. Diese Defizite führen dazu, dass die einzelnen Betriebseinheiten anstatt der Strategien der Gesamtabteilung ihre eigenen Strategien verfolgen. Soweit ich feststellen konnte, ist das ein Problem des Gesamtsystems, das mithin nicht allein durch Verbesserungen in der Technik der Kommunikation zwischen den Abteilungen oder durch simplistische Zielmanagement-Strategien einer Lösung zugeführt werden kann.

Meine Empfehlung ist, eine systemumgreifende Reintegration der organisatorischen Vision innerhalb der Matrix der operativen Ziele vorzunehmen. Dazu ist es erforderlich, zu einer langfristigen Neuausrichtung der Mitarbeiter auf die strategischen Ziele von Universal Systems zu gelangen, um so das Potential abteilungsinterner wie abteilungsübergreifender Initiativen zur Umsetzung der Planstrategie der Firma zu erhöhen.

Für Gespräche über die nötigen weiteren Schritte zur Verwirklichung dieser Maßnahmen stehe ich gerne zur Verfügung.

Hochachtungsvoll,

Logan

Ein paar Minuten später erschien die Antwort des Direktors auf Logans Computerbildschirm:

Logan,

möchten Sie mir sagen, dass die Leute auf Ebene Eins bei ihrer Arbeit nicht die gleichen Ziele haben, sodass sie nicht ehrlich miteinander kommunizieren und sich gegenseitig behindern?

Der Direktor

Logan drückte die Taste für »Antworten«.

Ja, ich glaube, das ist es, was ich meine.

Die Antwort des Chefs kam wieder sofort:

Mehr brauchten Sie mir nicht zu sagen. Ihre Analyse ist gut. Machen Sie weiter.

*

»Ich dachte, ich hatte das perfekt formuliert.« Logan schüttelte den Kopf und ließ die Eiswürfel in seinem Dr. Pepper-Glas kreisen. »Na ja, vielleicht hab ich mich ein bisschen geschwollen ausgedrückt, weil ich es das erste Mal besonders gut machen wollte.«

Kyle nahm einen Schluck von dem Cafeteria-Kaffee. »Organisationsmanagement ist kein Zuckerschlecken, Mann. Nicht so einfach wie ein Auto reparieren. Aber unterm Strich gibt er dir doch Recht, oder? Er will wohl einfach gründlich sein.«

»Ich glaub, du hast recht.«

Logan stand auf, füllte sein Glas nach und holte einen Muffin. Kyle sah überrascht aus, als er ihn ihm reichte. »Oh, danke.«

»Ich hab gestern einen auf deinem Schreibtisch gesehen, da dachte ich, du magst so was öfter.«

Kyle biss in den Muffin. »Wie bist du überhaupt zu Organisationsmanagement gekommen? Es geht doch keiner auf die Uni und sagt: ›Ich möchte Organisationen entwickeln.‹«

Logan lachte. »Das seh ich auch so. Ich hab damals noch gar nicht gewusst, was Organisationsmanagement ist. Also, ich hab ursprünglich im Hauptfach Politikwissenschaft studiert. Das hat mich echt interessiert. Aber mein Vater ließ mir keine Ruhe. Nach ein paar Semestern hat er mich 'rumgekriegt, dass ich zu Betriebswirtschaft gewechselt bin, nach dem Motto: ›Junge, du brauchst was Praktisches fürs Leben.‹ Ich hab also zwei Jahre Betriebswirtschaft hinter mich gebracht. Meine erste Stelle nach der Uni war sogar was in Personalmanagement, aber dann fanden der Direktor und ich, dass mir Organisationsmanagement besser liegt.«

»Da warst du also ›Papa sein Sohn‹, als du studiert hast, wie?«

»Ja. Ich glaub, ich hab mein ganzes Leben lang versucht, es ihm recht zu machen. Ich schätze, es ist das Einzige, was uns wirklich verbindet.«

Kyle aß seinen Muffin fertig und wischte sich mit einer Serviette den Mund ab. »Ich hab mal im Radio ein Interview mit 'nem Psychologen gehört. Ich weiß nicht mehr, was er alles gesagt hat, aber er hat erwähnt, dass jeder Mensch eigentlich auf der Suche nach dem perfekten Vater ist.«

Logan trank seinen Dr. Pepper fertig und stand auf. »Kann schon sein … aber wo findet man den? Ich weiß nicht, was besser ist: ein Vater, der Erfolg im Beruf hat, oder einer, der den ganzen Tag nur vor der Kiste hockt. Vielleicht sollte ich mich von irgendeiner Trantüte adoptieren lassen, die nichts von mir erwartet und mich in Ruhe lässt …«

*

Eine Woche später, nach diversen weiteren Gesprächen und Beobachtungen, schickte Logan die nächste E-Mail an den Direktor:

Ich habe den Eindruck, dass auf Ebene Eins eine offenbar systemimmanente Abneigung gegen das Eingehen von Risiken und gegen kreatives Denken besteht. Der Grund dafür scheint mir in einem Mangel an ganzheitlichem Denken beim Management zu liegen, das auf kurzfristige Problemlösungen im Tagesgeschäft setzt anstatt auf strategische Visionen und zukunftsgerichtete Innovationen. Die Abteilung könnte sehr profitieren von einer Kultur der Kreativität und visionären Zielsetzung sowie einer konsequenten Nichtbelohnung von risikoscheuen Verhaltensweisen.

Die Antwort des Direktors kam sofort:

Wollen Sie mir sagen, dass dort unten alle nur auf Nummer sicher gehen und dass sie einmal etwas Neues ausprobieren sollten?

Wieder gute Arbeit von Ihnen, Sie scheinen echt voranzukommen. Machen Sie weiter.

Drei Tage später schickte Logan seinen nächsten Bericht, zwei Tage danach wieder einen. Die Reaktionen des Direktors waren immer gleich: Gute Arbeit, weiter so.

*

»Verdammt noch mal!«, schrie Logan. Kyle drehte den Kopf erstaunt in seine Richtung.

Logan marschierte zu Kyles Schreibtisch und ließ sich auf einen Stuhl fallen. »Der macht mich noch verrückt! Gerade hab ich dem Direktor meinen nächsten Bericht geschickt, und er schickt mir die gleiche Antwort. Ich hab sämtliche Probleme in diesem Laden untersucht, noch mehr berichten kann ich ihm nicht. Wenn das so weitergeht, bin ich am Sankt Nimmerleinstag noch hier unten – äh, das war jetzt nicht so gemeint.«

»Kein Problem. Ich würde auch lieber heute als morgen ein paar Stockwerke höher, wenn ich nur wüsste, wohin. Hier unten ist das reine Chaos, jeder macht, was er will.«

»Ja.« Logan wurde nachdenklich über Kyles letzten Satz. »Ich glaube, ich weiß, was du meinst.«

Als Kyle später zu ihm kam, um mit ihm Mittagessen zu gehen, saß Logan an seinem Schreibtisch, die Füße auf der Tischplatte, und war in ein Buch vertieft.

»Na, das nenn ich gemütlich! Was liest du da?«

»Dr. Müllers ›Sieben Schritte zum Flopmanager‹.«

»Heißt das nicht ›Topmanager‹?«

Logan legte das Buch auf den Schreibtisch, nahm einen Tennisball und begann, ihn in die Luft zu werfen. »Vielleicht ist das heute unser letztes Mittagessen zusammen.«

Kyle fing den Ball auf. »Wieso? Was ist passiert?«

»Ich habe eine neue Theorie, was das Problem von dem Laden hier ist. Heute Nachmittag werd ich einen Test machen.«

Nach der Mittagspause begann Logan einen Rundgang durch die Abteilung. Der erste Schreibtisch, an dem er anhielt, gehörte einer jungen Hispanoamerikanerin, auf deren Namensschild »Maria Garcia« stand.

Logan stellte sich vor. »Hallo! Ich bin Logan Bell, der neue Organisationsmanager. Haben Sie was dagegen, wenn ich Sie eben was frage?«

Marcia lächelte freundlich. »Organisationsmanager? Ich wusste gar nicht, dass wir so jemanden hier haben.«

»Hatten Sie früher auch nicht.«

»Na, dann ist es ja schön, dass Sie gekommen sind. Was möchten Sie von mir wissen?«

»Was Sie gerade machen. Ich meine nicht, das Projekt, dem Sie zugeteilt sind, sondern buchstäblich, was Sie gerade gemacht haben, als ich zu Ihnen kam.«

»Nun, wir planen ein Geburtstagsessen für den Leiter unserer Arbeitsgruppe, und da war ich gerade dabei, mich nach einem guten italienischen Restaurant umzusehen.«

»Klingt gut. Dann wünsche ich Ihnen eine schöne Geburtstagsfeier. Danke.«

»Keine Ursache.«

Er ging ein paar Schreibtische weiter und hielt bei Bret Landis an, dem er die gleiche Frage stellte.

»Ich fange nächsten Monat mein Diplombetriebswirtstudium an«, erwiderte Bret. »Ich war gerade im Internet, um zu sehen, ob es da Artikel gibt, die ich schon mal lesen könnte.«

Am nächsten Schreibtisch, an dem Logan Station machte, war Amy Mandell gerade dabei, eine E-Mail an ihre Brautjungfer zu schicken, wegen irgendeines Programmpunkts der Hochzeit. Fünfzehn Meter weiter studierte Vern Johnson die Entwicklung der Aktienfonds, mit denen er seine Rente finanzieren wollte. Melissa Crump war dabei, online Rechnungen zu bezahlen und ihr Bankkonto auszugleichen.

Tiara Jackson führte gerade ein dringendes

Telefongespräch, sodass Logan etwas warten musste. Am anderen Ende der Leitung war offenbar die Kindergärtnerin ihrer kleinen Tochter. Sydney Lindon war dabei, Wahlslogans für ihren Sohn zu kreieren, der auf der Oberschule war und sich zum Schulsprecher wählen lassen wollte. Tom Hutchins war in einen Artikel der Internetausgabe des Wall Street Journal vertieft. Adela Sanchez las gerade das letzte Kapitel eines Herz-und-Schmerz-Frauenromans, Jake Engerson einen Artikel über »seine« Fußballmannschaft. Timothy Walls bedeutete Logan, sich zu setzen, während er sein Videospiel beendete; er war gerade dabei, seinen persönlichen Punkterekord einzustellen.

Logan ging zurück zu seinem eigenen Schreibtisch. Er holte das E-Mail-Programm auf den Bildschirm und tippte eine neue Nachricht für den Direktor:

Ich glaube, das Hauptproblem hier unten ist (soweit ich sehen kann), dass sämtliche Mitarbeiter die ganze Zeit mit Dingen beschäftigt sind, die mit den Zielen des Unternehmens nichts zu tun haben.

Fünfzehn Sekunden später kam die Antwort des Direktors:

Gratuliere. Sie haben das Problem erkannt.
Kommen Sie gleich zu mir.

Kapitel 4

Logan drückte den Knopf für die Ebene Fünf. Als der Aufzug anhielt, trat er hinaus, schaute, Orientierung suchend, nach links und rechts und marschierte dann, wie beim ersten Mal, zu dem fernen Schreibtisch des Direktors.

»Hallo, Logan. Nehmen Sie doch Platz.«

Logan setzte sich auf einen der Sessel.

»Sie haben hervorragende Arbeit geleistet auf Ebene Eins; immer eine treffende Analyse!«

»Sie meinen, alle außer den ersten fünf Berichten, nicht wahr? Die waren doch nicht ganz das, was Sie erwartet hatten, oder?«

»Sie haben verschiedene wichtige Probleme festgestellt. Allerdings nicht so wichtig wie das in Ihrem letzten Bericht.«

»Da haben Sie recht. Das will mir nicht aus dem Kopf, dieses Grundproblem. Ich meine, warum lassen Sie das zu, dass da unten jeder macht, was er will? Entwickelt da überhaupt mal jemand eine brauchbare Software? Ich hab den Eindruck, dass Ihre Firma nichts hat von dieser Abteilung.«

»Eigentlich nicht, das stimmt.«

»Aber Sie haben doch bestimmt für jede Abteilung Gewinn-und-Verlust-Statistiken?«

»Selbstverständlich. Möchten Sie die für Ebene Eins mal sehen?«

Der Direktor zog einen Aktenordner unter seinem Schreibtisch hervor und reichte ihn Logan, der die erste Seite überflog. So einen schlechten Jahresabschluss hatte er noch nie gesehen. »Ebene Eins hat ja im letzten Geschäftsjahr einen Riesenverlust gemacht.«

»Stimmt leider.«

»Und wie war es davor?« Logan blätterte die folgenden Seiten durch. »Die machen ja jedes Jahr rote Zahlen, und was für welche! Warum tun Sie da nichts?«

»In dieser Firma wird niemand gezwungen, etwas zu tun, was er nicht tun will. Es ist alles freiwillig.«

»Wenn also alle da unten Däumchen drehen wollen ...«

»Jeder hat die Freiheit, sich nicht für die Ziele der Firma einzusetzen, wenn er das nicht möchte. So wünscht es der Inhaber.«

»Der Inhaber? Wer ist das?«

»Der Inhaber ist der Besitzer der Firma.«

»Und da gibt's nur den einen?«

»Wir sind ein privates Unternehmen.«

»Dann ist es dem Besitzer der Firma also egal,

wenn die Abteilung Eins jedes Jahr Millionenverluste mit seinem Geld macht?«

»Nein, es ist ihm nicht egal. Aber er lässt seinen Angestellten diese Freiheit. Es kommt ja auch vor, dass jemand zur Einsicht kommt und beschließt, ein besserer Mitarbeiter zu werden.«

»Und was passiert dann?«

»Nun, es gibt ja noch die vier anderen Ebenen. Jeder kann in eine andere überwechseln. Womit wir bei Ihrer nächsten Aufgabe wären, und das ist die Ebene Zwei. Sind Sie bereit, dorthin zu wechseln?«

Logan schaute in die Runde der endlosen Schreibtischreihen, dann zurück zu dem Direktor. »Ich glaube, schon. Außer, dass ich mich mit einem guten Mann auf Ebene Eins angefreundet hab und ihn nur ungern dort allein lass. Die tun da unten ja rein nichts, und ehrlich gesagt, sie scheinen noch nicht mal glücklich dabei zu sein.«

Der Direktor lehnte sich auf seinem Sessel zurück. »Tja, das passiert, wenn wir nur um uns selber kreisen, nicht wahr? Das Leben verliert seinen Sinn. Was Ihren Freund betrifft, so freut es mich, dass Sie zu jemand auf Ebene Eins so ein gutes Verhältnis bekommen haben. Ihr

Freund muss nicht da bleiben, er kann jederzeit in eine andere Abteilung wechseln, es liegt ganz bei ihm. Aber wechseln tun die Leute immer erst dann, wenn sie selber dazu bereit sind. Das muss von innen kommen.«

»Da haben Sie wohl recht. Ich hoffe nur, er packt's.«

»Das hoffe ich auch.« Der Direktor beugte sich nach vorne. »Also: Sind Sie bereit für Ebene Zwei?«

Logan nickte.

»Ich muss Sie vorwarnen: Ebene Zwei ist völlig anders als Ebene Eins.«

»Da hoffe ich mal, dass sie positiv anders ist. Das könnte die Firma gebrauchen.«

»Dieses Urteil müssen Sie sich selber bilden.«

Der Direktor erhob sich und hielt Logan seine Hand hin. »Ach, warten Sie, eines wollte ich Sie noch fragen: Wie geht's mit Ihrem Vater?«

Logans Gesicht erhellte sich. »Seit ich ihm von meiner Anstellung hier erzählt hab, besser. Ich hab den Eindruck, jetzt hat er wieder Hoffnung für mich.«

»Das höre ich gerne. Es war schön, sich wieder mal mit Ihnen zu unterhalten. Ich hoffe, Sie machen positive Erfahrungen auf Ebene Zwei.«

»Das hoffe ich auch, Sir.«

Logan drehte sich um und machte sich auf den Weg zurück zu den Aufzügen. Er vermutete immer mehr, dass die eigentliche Firma auf der Ebene Zwei begann.

Kapitel 5

»Dies hier ist die Büroordnung für unsere Mitarbeiter.«

Logan streckte seine Hand aus und nahm von der hinter dem Schreibtisch thronenden älteren Dame, die ein schlichtes Kostüm und einen strengen grauen Haarknoten trug und Nadine Platt hieß, ein Schriftstück von der Größe eines mittleren Telefonbuchs entgegen.

»Die Angestellten unserer Abteilung verpflichten sich, in allen Bereichen ihres Lebens, ob innerhalb oder außerhalb der Firma, strikte Ehrlichkeit, Vertrauen, Anstand und Integrität walten zu lassen. Mit der Büroordnung wollen wir dafür Sorge tragen, dass wir diesem Ziel nach bestem Wissen und Gewissen nacheifern. Ich bitte Sie, diese Ordnung sorgfältig zu lesen und mit Ihrer Unterschrift zu bestätigen, dass Sie sie verstanden haben und sich zu ihrer Einhaltung verpflichten.«

Logan wog das Konvolut in seiner Hand. »Muss ich das alles fertig gelesen haben, bevor ich in die nächste Abteilung kann?«

Die Dame funkelte ihn über den Rand ihrer Brille an.

»Entschuldigung«, murmelte er. »Es ist halt ziemlich dick.«

»Integrität ist ein ernstes Thema.« Die Dame erhob sich und bedeutete Logan, ihr zu folgen. »Ich werde Ihnen jetzt ein paar der Regeln unserer Abteilung nennen, die Sie in der Büroordnung nicht finden.« Sie begannen, einen langen Gang entlangzugehen, der auf beiden Seiten von Schreibtischen gesäumt war. Logan sah, dass sie alle makellos aufgeräumt waren.

»Alle Geräte und Leistungen, die die Firma bereitstellt, haben der Arbeit der Abteilung zu dienen und nicht dem privaten Gebrauch oder persönlichen Profit. Das finden Sie natürlich auch in der Büroordnung. Private Telefongespräche dürfen nicht länger als zwei Minuten dauern, außer in absoluten Notfällen, dann sind drei Minuten erlaubt. Die private Nutzung des Internets ist auf zehn Minuten täglich zu beschränken.«

Sie kamen an einer Ecke mit Fotokopiergeräten vorbei. »Das Kopierpapier wird bei uns wiederverwendet. Bitte stempeln Sie auf alle Seiten, die Sie durchgearbeitet haben, ›Wiederverwenden‹ und legen Sie sie mit der bedruckten Seite nach oben in das Recycling-Fach.«

Sie gingen an den nächsten Schreibtischen vorbei. »Süßigkeiten und Erdnüsse am Arbeitsplatz sind erlaubt, aber nicht mehr als vier Bonbons und zwölf Nüsse, und bitte nur in geeigneten Behältnissen.«

»Warum nur so wenige?«

»Wir möchten unsere Mitarbeiter nicht zu einem ungesunden Lebensstil verführen. Die Schreibtische im Großraumbereich müssen übrigens mindestens zweieinhalb Meter voneinander entfernt stehen. Falls Sie prüfen wollen, ob der Abstand stimmt, können Sie von dem Abteilungsleiter einen Zollstock ausleihen.«

»Warum mindestens zweieinhalb Meter?«

»Um das Zuhören bei den dienstlichen Gesprächen von Kollegen zu unterbinden.«

»Da sind zweieinhalb Meter aber immer noch ziemlich nah.«

»In der rechten unteren Schublade Ihres Schreibtisches finden Sie Gehörschutzkapseln. Legen Sie sie bitte auf die Schreibtischplatte und benutzen Sie sie sofort, falls nötig.«

Jetzt kam links ein Besprechungszimmer. »Wir haben auf dieser Etage zwölf Besprechungsräume. Sie sind jeweils drei Tage im voraus zu reservieren, und für Gruppen mit mehr als drei Teilnehmern ist vorher die Genehmigung des Abteilungsleiters einzuholen. Das Einnehmen von Speisen und Getränken während der Besprechungen ist nicht erlaubt, außer Wasser und nichtklebrige Bonbons. Wenn Sie sich bei einer bestimmten Süßigkeit nicht sicher sind, rufen Sie die Büroordnungs-Hotline an. Nicht vergessen: Es sind höchstens vier Bonbons am Tag erlaubt. Nach jeder Benutzung sind die Besprechungszimmer von den Angestellten selber zu reinigen; falls nötig, sind die Tische mit Möbelpolitur der Marke ›Glanzfrisch‹ zu behandeln.«

»Geht nicht auch ›Mr. Clean‹?«

Miss Platt rollte die Augen. »Nein, ›Mr. Clean‹ geht nicht.«

Sie gingen durch eine Glastür, die in eine Küche führte. »Dies ist die Küche für Ihren Bereich der Abteilung. Es gibt noch fünf weitere Küchen; der Zutritt ist jeweils nur den Mitarbeitern des jeweiligen Bereichs erlaubt. Die Küchen sind von 11.30 Uhr bis 13.00 Uhr geöffnet.«

»Kann man nicht auch zwischendrin hinein, für eine Pause oder so?«

»Nein! Wenn die Küchen um 13.00 Uhr geschlossen werden, haben sie picobello sauber zu sein. Keine Ausnahmen. Jeder, der gegen diese Regeln verstößt, wird für die Dauer von einem Monat von der Küchenbenutzung ausgeschlossen.«

Sie verließen die Küche wieder. »Diese Abteilung hat auch eine feste Kleiderordnung, der Ihre gegenwärtige Kleidung leider nicht entspricht. Sie finden die Kleiderordnung ab Seite 35 der Büroordnung. Nach Beendigung unseres Rundgangs werden Sie das Gebäude unverzüglich verlassen und vorschriftsmäßig gekleidet zurückkommen. Ich werde Sie selber zum Lift begleiten. Der halbe Tag wird Ihnen als unbezahlter Urlaub von Ihrem Gehalt abgezogen werden.«

»Halber Tag? Ich wohne nur zwanzig Minuten entfernt!«

»Ein halber Tag Gehaltsabzug. Jeder Mitarbeiter, der gegen die Kleiderordnung verstößt, wird diszipliniert. Haben Sie noch Fragen, bevor wir zum Aufzug gehen und Sie sich um Ihre Kleidung kümmern?«

»Nein. Ich glaube, Sie haben alles Nötige gesagt.«

Was Logan dachte, war: Wie wollen die mit so einem Wust von Regeln etwas Vernünftiges schaffen?

*

In das Universal Systems-Gebäude zurückgekehrt, sauste Logan zu seinem persönlichen Termin mit Darrell Stiles, dem Leiter der Ebene Zwei. Logan hatte zehn Minuten Verspätung.

»Es tut mir furchtbar leid«, sagte er, als er das Büro des Leiters betrat. »Ich musste erst nach Hause, um mich umzuziehen.«

Darrell Stiles schüttelte ihm die Hand und lachte. »Ist schon in Ordnung. Hat Nadine Platt Sie in Bearbeitung gehabt?«

»Könnte man so sagen, ja.«

»An Ihrem ersten Tag hätten wir auch ein Auge zudrücken können, aber danke, dass Sie uns so entgegenkommen. Setzen Sie sich doch. Sie haben also Ihre Analyse der Ebene Eins bereits hinter sich?«

»Ja, Sir. Es war … nicht uninteressant.«

»Bei uns werden Sie ein Kontrastprogramm erleben, das Ihnen gefallen wird, wie ich mal schätze. Bei Miss Platt dürfen Sie übrigens nicht alles wörtlich nehmen. Sie meint es gut, aber manchmal übertreibt sie es etwas mit den Regeln.«

Logan grinste. »Sie meinen, man darf doch ›Mr. Clean‹ benutzen, um die Tische zu reinigen?«

Die Stirn des Leiters legte sich in Falten. »Nein, das nicht. Wir nehmen hier ›Glanzfrisch‹.«

»Oh.«

»Wir haben die Regeln in dieser Abteilung nicht um der Regeln willen. Unser großes Ziel heißt Integrität. Wir glauben, dass Integrität der höchste Wert ist, dem eine Firma oder eine Einzelperson nacheifern kann. Wir sind bestrebt, in allem, was wir tun, in der Firma wie in unserem Privatleben, Menschen zu sein, die von Anstand, Disziplin und Mitmenschlichkeit geprägt sind.«

»Sind Sie die einzige Abteilung in diesem Haus, die das so betont?«

»Hmmm. Das ist schwer zu sagen. Die Ebenen Drei und Vier haben sicher die gleichen Leitwerte, aber ... Ich möchte jetzt nicht angeben, aber ich glaube, wir sind die Abteilung, die dem Prinzip der Integrität die höchste Priorität einräumt. Wir glauben, dass der, der seine Mitmenschen mit der größtmöglichen Integrität behandelt, auch sich selber so behandelt – und damit letztlich das Beste für die Firma tut. Diese Dinge verstärken sich gegenseitig, es ist sozusagen das Gegenteil von einem Teufelskreis. Sie werden feststellen, dass alle unsere Mitarbeiter sich hier voll einbringen.«

»Das klingt ja echt gut. – Übrigens, wir müssen uns noch unterhalten, wann wir die ersten Besprechungen machen.«

»Da habe ich schon für Sie vorgeplant. Morgen früh um Punkt 8.00 Uhr habe ich eine Planungssitzung mit allen sieben Bereichsleitern unserer Abteilung, die direkt mir unterstellt sind. Es ist die wichtigste Besprechung im Monat. Sie dürfen gerne dabei sein und aus erster Hand erleben, wie bei uns gearbeitet wird.«

»Cool – ich meine, danke. Doch, ich komme gerne.«

»Gut. Ich zeige ihnen, wo das Besprechungszimmer ist. Und dann können Sie sich erst einmal an Ihrem Schreibtisch einrichten.«

*

Am nächsten Morgen trat Logan um 7.55 Uhr in das Besprechungszimmer, das man ihm genannt hatte. Alle sieben Bereichsleiter waren anwesend, und die Besprechung hatte bereits begonnen. Das Gespräch verstummte, als Logan kam.

»Willkommen, Logan.« Der Leiter wies auf einen leeren Stuhl und drehte sich zu seinen Bereichsleitern hin. »Dies ist Logan Bell, der neue Organisationsmanager, der bei uns zu Gast ist.«

Alle nickten zu Logan hin.

»Logan hat die Aufgabe, die Effizienz der Abläufe auf den verschiedenen Ebenen der Firma zu prüfen. Ich habe ihm freie Hand auf unserem Stockwerk gegeben, mit jedem Mitarbeiter zu reden und bei jeder Besprechung mit anwesend zu sein, außer bei Disziplinarbesprechungen. Ich habe keine Zweifel, was er nach Beendigung seines Auftrags der Firmenleitung über uns berichten wird.« Der Leiter kicherte, mehrere seiner Untergebenen lächelten wissend. »Ich glaube, er wird merken, dass bei uns alles tipptopp läuft.«

Logan zog seinen Taschencomputer aus der Aktentasche. Der Leiter trat an eine Weißwandtafel, auf der ein großes Diagramm prangte; links waren von oben nach unten verschiedene Kategorien aufgeführt, oben von links nach rechts die Wochen der laufenden Monate. »Ich muss wohl nicht extra erwähnen, dass Logan unser Strategisches Planungsdiagramm noch nie gesehen hat. – Logan, Sie werden es jetzt in Aktion erleben.«

Der Leiter schaute in die Runde. »Okay. Schauen wir mal, wie wir uns geschlagen haben.

Wie viele von euch haben in der letzten Woche von Mitarbeitern Meldungen über potenzielle Interessenkonflikte erhalten?«

Zwei Bereichsleiter hoben energisch die Hand, und der Leiter schrieb eine »2« in eines der Kästchen auf der Tafel.

»Wie viele haben Meldungen über Kunden erhalten, die Angestellten Geschenke im Wert von über 100 Dollar gemacht haben?«

Einer der Bereichsleiter hob seine Hand. der Leiter schrieb eine »1« in ein anderes Kästchen.

»Wie viele von euch haben Kundeneinladungen zu unschicklichen Veranstaltungen oder Orten erhalten?«

Drei Hände hoben sich.

»Gut. Bei wie vielen haben Angestellte Verletzungen des beruflichen Verhaltenskodex gemeldet?«

Alle sieben hoben ihre Hand. Der Leiter hob triumphierend seine Faust. »Perfekt. Das ist die fünfte Woche, dass wir dieses Ergebnis haben. – Bei wie vielen von euch haben Verkäufer zugegeben, dass sie es gegenüber Kunden mit der Wahrheit nicht so genau genommen haben?«

Drei Hände hoben sich. »Da müssen wir dranbleiben. Wir wollen, dass unsere Verkaufsmannschaft die ehrlichste in der Branche ist.« Er schrieb eine »3« auf die Tafel.

»Schön. Wie sieht es mit der Arbeitsmittelmoral aus? Wie viele von euch haben Angestellte bei der unerlaubten privaten Nutzung des Internets erwischt?«

Zwei Bereichsleiter hoben die Hand. Der Leiter sah den ersten an. »Und was hat sich der Mitarbeiter angeschaut?«

»Die Fußball-Ergebnisse der Kreisliga vom letzten Wochenende.«

Der Leiter schüttelte den Kopf, dann drehte er sich zu dem zweiten Bereichsleiter, einer Frau, hin. »Und deiner, June?«

»Sie hat ein Rezept für mexikanisches Hühnerfrikassee heruntergeladen und dafür eine Verwarnung bekommen.«

»Gut. – Okay, das war eigentlich gar nicht so schlecht, wenn wir bedenken, dass wir tausend Mitarbeiter haben. Und jetzt zum letzten, aber nicht unwichtigsten Punkt: Wie war es mit der Pünktlichkeit? Bei wie vielen von euch sind Mitarbeiter später als 7.45 Uhr morgens zum Dienst erschienen?«

Einer der Bereichsleiter hob zögernd seine Hand.

Der Leiter schüttelte den Kopf. »War es wieder derselbe?«

»Ja.«

»Und um welche Zeit ist er durchschnittlich gekommen?«

»7.51 Uhr.«

»Okay.« Der Leiter machte eine Pause. »Da gibt's einiges, was wir verbessern können, was ja nichts Schlechtes ist. Gut. Und jetzt zu unserer Strategischen Planung.«

Logan hatte noch nichts in seinen Computer getippt. Der eigentlich wichtige Teil der Sitzung würde ja wohl erst kommen.

Der Leiter reichte seinen Stift einem der Bereichsleiter. »Ich habe George gebeten, beim nächsten Tagesordnungspunkt die Leitung zu übernehmen. Er hat sich speziell in das Thema eingearbeitet und ist genau der richtige Mann, um es zu präsentieren.«

Der Leiter setzte sich, und der Mann, der George hieß, stand auf und trat an die Tafel. »Danke, Darrell.« Er sah die anderen an. »Wir haben uns ja schon mehrmals darüber unterhalten, dass wir die Bilanz in Sachen Reinlichkeit bei der Küchenbenutzung durch Mitarbeiter verbessern müssen.« Alle nickten. Logan schaute in die Runde, dann tippte er »Reinlichkeit Küchenbenutzung« in seinen Computer.

George fuhr fort: »Die Linie der Abteilung bei diesem Thema ist in der Büroordnung unmissverständlich festgelegt. Aber bei der Befolgung gibt es allmählich echt Probleme. Es ist vorgekommen, dass Kunden, die zu Verkaufsgesprächen hier waren und an einer der Küchen vorbeikamen, einen Kaffeeflecken auf der Arbeitsplatte gesehen haben und einmal sogar Reste von Spinat-Lasagne in der Spüle. Das zweite Beispiel habe ich persönlich mitbekommen.« Logan hörte, wie die Runde schockiert aufjapste. »Ich brauche wohl nicht zu erwähnen, dass die Verkaufsverhandlungen zu keinem Abschluss führten.«

George räusperte sich. »Es ist offensichtlich, dass dies für die ganze Abteilung ein Problem darstellt. Ich habe mir ein paar Gedanken gemacht, wie man das abstellen kann, aber erst würde ich gerne hören, was ihr für Vorschläge habt.«

Die Vorschläge waren zahlreich und reichten von fest angestellten Küchenkontrolleuren bis zur Einführung von Wegwerfgeschirr und -bestecken. Die Runde einigte sich schließlich darauf, dass die Mitarbeiter schichtweise zum Küchenkontrolldienst abgestellt werden sollten. Dies würde, so fand man, nicht nur die Sauberkeit der Küchen verbessern, sondern auch die Dienstmoral der betroffenen Mitarbeiter erhöhen, die ja selber das Problem in die Hand nehmen würden.

Die Besprechung endete, und Logan folgte dem Leiter zurück in sein Büro. »Es war echt gut, dass Sie dabei sein konnten, Logan. Es gibt kaum etwas Faszinierenderes, als mitzuerleben, wie eine so große Abteilung wie die unsere ihre strategische Planung macht und konkrete Schritte für den Betriebsalltag daraus ableitet. Ich hoffe, Sie haben sich alles notiert, was Sie brauchen?«

»Ja, doch.«

»Sehr gut. Wie verfahren wir jetzt weiter? Was für Mitarbeiter würden Sie gerne persönlich befragen und bei ihrer Arbeit beobachten?«

Logan zögerte. »Ich ... glaube, da sollte ich mich erst noch mal mit Ihnen unterhalten. Nach dieser Besprechung eben ... überlege ich mir gerade, ob ich das nicht vielleicht anders machen sollte mit meiner Analyse von Ebene Zwei. Haben Sie was dagegen, wenn wir morgen früh noch mal darüber sprechen?«

»Kein Problem. Schicken Sie mir einfach eine E-Mail, damit wir einen Termin vereinbaren können.«

Logan kehrte zu seinem Schreibtisch zurück und schickte eine E-Mail an den Direktor. Die Antwort kam sofort.

Das war schnell. Kommen Sie eben zu mir, damit wir uns unterhalten können.

Kapitel 6

Kompliment, dass Sie das Hauptproblem auf Ebene Zwei so rasch herausgefunden haben.« Der Direktor stellte die Kaffeetasse, aus der er gerade getrunken hatte, zurück auf seinen Schreibtisch. »Kann ich Ihnen etwas zu trinken anbieten?«

»Haben Sie Dr. Pepper?«

»Nein, aber Cola.«

»Das geht auch, danke.«

Der Direktor holte eine Cola aus einem Minikühlschrank und reichte sie Logan. Der öffnete sie und nahm einen Schluck, bevor er antwortete.

»Ebene Zwei war leicht zu durchschauen. Die sind da so … also, ich möchte nicht unhöflich klingen.«

»Bei mir können Sie ganz ehrlich sein; dazu habe ich Sie eingestellt.«

»Die Leute auf Ebene Zwei sind so von ihren Regeln und Paragrafen besessen, dass sie für nichts anderes mehr Zeit haben. Darf ich Sie fragen – erwirtschaftet diese Abteilung einen Gewinn?«

Der Direktor reichte ihm einen neuen Ordner mit Gewinn- und Verluststatistiken.

Logan blätterte den Ordner durch. »Nicht so schlecht wie Ebene Eins, aber in den letzten fünf Jahren keine Gewinne. Deutlich rote Zahlen. Wie war es davor?«

»Genauso.«

»Und warum sind die so regelversessen?«

»Sie sind eigentlich nicht regelversessen, sie sind auf Integrität fixiert; die steht für sie im Mittelpunkt, so wie sie es Ihnen wahrscheinlich auch gesagt haben. Die Regeln sind einfach die Folge. Für diese Mitarbeiter dreht sich alles darum, anständig und gut zu sein.«

»Das klingt jetzt vielleicht komisch, wenn ich das sage, aber …«

»Sagen Sie es trotzdem.«

»Im Grunde sind diese Leute nicht viel anders als die auf Ebene Eins.«

»Wie kommen Sie darauf?«

»Nun, auf Ebene Eins ist jeder mit sich selbst beschäftigt, und auf Ebene Zwei auch. Auf Ebene Zwei macht sich das viel besser – da geht es um Ehrlichkeit, Pünktlichkeit und solche Dinge. Aber auch auf Ebene Zwei haben die Mitarbeiter keine Zeit, für die eigentlichen Ziele der Firma zu arbeiten, sondern denken nur an die eigenen.«

»Da haben Sie vollkommen recht, Logan. Im Grunde sind die Angestellten auf Ebene Zwei genauso wenig loyal zur Firma wie die auf Eins. Sie starren auf das, was sie erreichen wollen, nicht auf das, was der Inhaber will. Integrität und ein guter Mensch sein ist etwas Wunderbares, aber es ist nicht alles. Es ist noch nicht einmal das Wichtigste.«

Logan nickte. »Wenn man derart fanatisch gut und perfekt sein will, bringt das doch auch nicht weiter. Ich meine, es entsteht nichts. Und da hat kein Mensch etwas davon ... Was aber doch der Sinn unserer Produkte ist, oder? Sie sollen den Menschen doch helfen – sehe ich das richtig?«

»Die Ebene Zwei tut das vielleicht mehr, als Sie denken und bisher gesehen haben. Es gibt da einen Mitarbeiter auf der Etage, den Sie noch nicht gesprochen haben und der Ihren Eindruck möglicherweise etwas korrigieren wird.«

Auf die Ebene Zwei zurückgekehrt, rief Logan Kyle an. Er bemühte sich, so leise zu sprechen, dass niemand, der zufällig zweieinhalb Meter entfernt saß, mithören konnte. »Ich bin auf dem Sprung in die Ebene Drei.«

»Drei? Du hast doch gerade erst in Zwei angefangen.«

»Ich weiß, aber ich war mit meiner Analyse ruckzuck fertig.«

»Und wie ist es so da oben? Hast du die ideale Abteilung für mich gefunden?«

»Das glaub ich weniger. Ich meine, die Leute hier sind ganz nett und nicht solche Chaoten wie die auf Ebene Eins, aber mindestens genauso verrückt. Sagen wir mal so: Die vielen Regeln hier würden dir auf den Nerv gehen.«

»Wann ziehst du nach Drei um? Ich kann gerne raufkommen und dir helfen, deine Sachen zu tragen, wenn du möchtest. Hier unten ist gerade nicht so viel zu tun.«

»Ich geb dir Bescheid. Der Direktor möchte gerne, dass ich erst noch jemand auf Ebene Zwei kennenlerne. Die Auslandsgeschäftsleiterin.«

»Cool. Schick mir 'ne E-Mail, wenn du so weit bist.«

*

Cindy Huong war eine zierliche Frau mit einem einnehmenden Lächeln, die Selbstbewusstsein ausstrahlte. Sie lachte, als Logan ihr seinen Eindruck von der Ebene Zwei schilderte.

»Ja, hier sind die Leute ein bisschen verbohrt. Aber ich glaube, das haben wir in der Auslandsabteilung in den Griff gekriegt. Wir machen das viel lockerer. Wir haben die gleichen Werte, aber einen anderen Stil. Am meisten stolz sind wir auf unsere humanitären Projekte in Übersee. Wir bieten zum Beispiel in bestimmten Gebieten der Erde unsere Logistiksoftware mit einem Rabatt von 70 Prozent an, in einigen sogar mit 90 Prozent.«

»90 Prozent? Wie können Sie so was machen? Und warum?«

»Nun, wir holen das mit unseren übrigen Geschäften wieder rein. Und das Warum ist ganz einfach: Mit unserer Software helfen wir Behörden, Verwaltungen und gemeinnützigen Organisationen, ihre Ressourcen besser zu managen, sodass Millionen von Menschen in Entwicklungsländern besser mit Nahrungsmitteln, Medizin usw. versorgt werden. Wir sehen das als die beste Methode zur Umsetzung der Werte und Ziele unserer Organisation – neben den direkten Hilfsprojekten, natürlich.«

Logan warf einen Blick in die letzte Monatsbilanz der Auslandsabteilung. »Das ist ja ein Ding, wie viel von Ihrer Tätigkeit in diese Art Hilfsprojekte geht.«

»Nun, wie kann man Integrität besser demonstrieren, als indem man den Menschen hilft, die es nicht so gut haben wie wir? Weitergeben, was wir bekommen haben – das ist das Mindeste, was wir tun können.«

*

»Was für einen Eindruck hat die Auslandsabteilung der Ebene Zwei auf Sie gemacht?« Der Direktor stellte ein Buch, in dem er gelesen hatte, zurück auf ein Regal. Logan setzte sich wieder in einen der Sessel vor dem Schreibtisch.

»Also ... ich staune, wie viel Gutes die tun. Es scheint, dass die vielen Menschen in aller Welt echt helfen.«

»Finden Sie das auch? Ja, die Auslandsabteilung macht einen guten Job.«

»Ehrlich gesagt, ich finde das, was die da machen, völlig in Ordnung. Sie sind ganz anders als die Inlandsabteilung.«

»Oh, sie sind ähnlicher, als Sie denken.«

Logan schaute den Direktor überrascht an. »Ähnlich? Also, ich sehe da nicht viel Ähnlichkeiten.«

»Das kommt vielleicht noch, wenn Sie sich etwas mehr umgesehen haben.« Der Direktor stand auf. »Aber lassen wir diese Frage für den Augenblick auf sich beruhen. Ich habe einen Termin mit Ihrer Kontaktperson auf Ebene Drei arrangiert. Ich glaube, es wird Ihnen ausgesprochen gut gefallen, sie kennenzulernen.«

Kapitel 7

Logan streckte seine rechte Hand aus. Rima Bashir, eine Frau mittleren Alters mit olivbrauner Haut, nahm sie in ihre beiden Hände. »Willkommen auf Ebene Drei! Schön, dass Sie da sind! Haben Sie sich schon überlegt, wo Sie Ihren Schreibtisch haben wollen?«

Logan fühlte sich jedes Mal verunsichert, wenn eine Frau (und es war immer eine Frau) seine Hand in ihre beiden nahm. Obwohl … andererseits mochte er es. Es fühlte sich wie eine halbe Umarmung an – so, als ob sein Gegenüber sich aufrichtig freute, dass er da war. So wie jetzt bei Rima. Er fühlte sich auf Anhieb willkommen in der Abteilung Drei.

Man zeigte ihm einen Schreibtisch und half ihm, seine Sachen zu verstauen.

»Ich habe gehört, Sie untersuchen die Stärken und Schwächen der verschiedenen Abteilungen?«, sagte Rima.

»Ja, das stimmt. Ich berichte dem Direktor.«

»In unserer Abteilung funktioniert alles sehr glatt. Wir sind schon ein wenig stolz darauf, was wir hier auf Ebene Drei alles schaffen. Sie werden merken, dass wir hier eine ganz andere

Perspektive haben als die Ebenen Eins und Zwei.«

»Wie meinen Sie das?«

»Nun, Sie haben sicher gemerkt, dass die Leute da unten sich nicht darum kümmern, wie die Firma als Ganzes funktioniert und was die Leitung von ihnen erwartet. Bei uns ist das sehr wichtig, und diese Perspektive gibt unserer Arbeit Sinn. Aber das werden Ihnen unsere Bereichsleiter genauer sagen. Kommen Sie, ich bringe sie gleich zu Saleet; er erwartet Sie schon.«

Sie führte Logan zu einem schlichten, mittelgroßen Büro. Drinnen saß ein Mann mit Brille und schütterem Haar. Er erhob sich und lächelte breit, als Rima klopfte. »Nur reinspaziert, Rima! Schön, dich zu sehen.« Er streckte Logan seine Hand hin. »Und Sie sind sicher der neue Mann vom Organisationsmanagement? Ich bin Saleet. Willkommen auf Ebene Drei!«

Die drei unterhielten sich ein paar Minuten über dies und das, dann ging Rima. Saleet goss Tee in eine Tasse und reichte diese Logan. »Sie mögen doch Tee? Ich kann mir einen Tag ohne nicht vorstellen.« Er goss sich selber eine Tasse ein und nahm einen Schluck. »Also: Was kann ich für Sie tun?«

Logan hätte lieber ein Glas Dr. Pepper gehabt, trank aber höflichkeitshalber von dem Tee. »Als Erstes bräuchte ich einfach einmal einen Überblick über diese Abteilung. Ich habe gehört, dass Sie hier 13 Bereichsleiter haben, die jeder ein hohes Maß an Autonomie in Planung, Budget und Betrieb haben.«

»Das ist richtig. Wir haben fünf große und acht kleinere Profitcenter. Meines ist eins von den größeren.«

»Und wie hängt Ihr Bereich mit der Abteilung als Ganzes zusammen?«

»Unsere Abteilungsleiterin legt die Vorgaben für die Bereiche fest. Sie sind sehr allgemein gehalten. Ihre Hauptfunktion besteht darin, die Arbeit der verschiedenen Profitcenter zu koordinieren. Wir auf Ebene Drei sind stolz darauf, ein viel umfassenderes Leitbild von den Aufgaben der Firma zu haben als die Ebenen Eins und Zwei. Dort unten haben sie – aber sagen Sie niemand, dass ich das gesagt hab – ein ziemlich beschränktes Gesichtsfeld, und ihre Gewinn-Verlust-Statistiken sind dementsprechend. Leider.«

»Würden Sie sagen, dass alle Profitcenter auf dieser Ebene das gleiche Bild von der Firma haben?«

»Oh, nein. Das ist ja die große Herausforderung für unsere Leiterin: alle die verschiedenen Perspektiven unter einen Hut zu bringen. Aber es gibt schon ein paar Gemeinsamkeiten.«

»Zum Beispiel?«

»Nun, anders als die Ebenen Eins und Zwei sind wir uns dessen bewusst, dass eine Instanz über uns ist, der wir verantwortlich sind. Aber das versteht jeder ein bisschen anders.«

»Und wie ist Ihr Verständnis?« Logan tippte in sein Notebook, während der Bereichsleiter redete.

»Wir glauben, dass es ganz oben in der Firma einen echten Chef gibt. Wir haben ihn noch nie persönlich gesehen, aber wir wissen, dass er da ist.«

»Sie meinen, den Direktor?«

»Nein. Wir wissen doch alle, dass das nicht der eigentliche Chef ist, oder?«

Logan rutschte auf seinem Stuhl. »Und woher wissen Sie, dass es diesen anderen Chef gibt?«

»Weil vor einigen Jahren – 16 Jahre, um genau zu sein – ein Unternehmensberater auf ein paar Monate in unsere Abteilung kam. Er sagte, dass er direkt von dem Chef Instruktionen bekommen hatte, wie wir zu arbeiten haben.«

»Und woher wissen Sie, dass das wahr ist?«

»Er hat es halt gesagt.«

»Und was war der Inhalt seiner Instruktionen, wenn man fragen darf?«

»Gerne. Er sagte, dass jeder, der den Chef anerkannte – und ihn als den Berater, den der Chef geschickt hatte –, später einen garantierten Arbeitsplatz in einem super Gebäude bekommen würde. Er sagte weiter, dass alle anderen eines Tages gekündigt würden. Bis es so weit ist, sollen wir verschiedene Aufgaben erfüllen.«

»Was für Aufgaben sind das?«

»Wir müssen allen Menschen von dem Chef und dem Unternehmensberater erzählen. Außerdem müssen wir fünf Mal am Tag eine E-Mail an den Chef schicken.«

»Und was muss in diesen E-Mails stehen?«

»Was wir gerade so machen.«

»Und kriegen Sie Antwort-E-Mails vom Chef?«

»Nicht, dass ich wüsste. – Außerdem eine halbe Stunde an jedem Tag schweigen, also absolute Stille bewahren.«

»Warum das?«

»Um unsere Verehrung für den Chef zu zeigen. Und wir können uns natürlich auch besser auf unsere Arbeit konzentrieren, wenn wir uns nicht unterhalten. Ferner müssen wir eine Stunde pro Woche Kollegen helfen, die Nachhilfe brauchen. Und ein Mal im Jahr haben wir das Gebäude zu besuchen, in dem die Firma ursprünglich untergebracht war, bevor sie dann hierher umzog.«

»Und warum das?«

»Nun, um unsere Wurzeln zu pflegen – den Ort halt, wo der Chef das erste Mal mit uns in Verbindung getreten ist.«

Logan lenkte das Gespräch auf die konkreten Aktivitäten, die der Bereichsleiter unter sich hatte. Sie sprachen über Kontrollsysteme, Qualitätssicherung und die Wettbewerbsvorteile des Bereichs gegenüber den direkten Konkurrenzfirmen. Der Bereichsleiter verknüpfte jedes Detail mit dem Leitbild, das die Abteilung über den Unternehmensberater vom Chef bekommen hatte, und mit den Regeln, die die gesamte Firma einhielt, um dieses Leitbild zu erfüllen. Logan kam das Ganze etwas merkwürdig vor.

Er kehrte an seinen Schreibtisch zurück, ging seine Aufzeichnungen durch und dachte über das Gehörte nach. Wer war dieser »Chef«? War es der Direktor oder jemand anderes? Und warum hatte ihm noch nie jemand ein Wort über diesen Berater gesagt? Er kam zu dem Schluss, dass er eine zufriedenstellende Antwort wohl eher vom Direktor bekommen würde als von dem Bereichsleiter, den er gerade gesprochen hatte.

*

Für jeden der folgenden vier Tage hatte Rima für Logan einen Termin mit einem der Leiter der anderen vier großen Profitcenter arrangiert. Die Gespräche verliefen ganz ähnlich wie das mit Saleet. Jeder Bereichsleiter hatte ein bestimmtes Bild von der Firma, aber die Bilder stimmten nicht überein. Keine zwei Leute schienen genau die gleiche Meinung darüber zu haben, was diese Firma war, wer sie führte und worin ihre genaue Aufgabe bestand. Aber sie waren alle davon überzeugt, dass ihre Sicht die richtige war, und ihre Arbeit war von dieser Sicht bestimmt.

Der zweite Bereichsleiter, ein elegant gekleideter Herr Anfang Dreißig, erklärte Logan, dass der eigentliche Chef ein ehemaliger Programmierer war, der sich dank seiner menschlichen und beruflichen Qualitäten bis zur Spitze des

Unternehmens hochgearbeitet hatte. Alle anderen Mitarbeiter konnten, ja würden das Gleiche erreichen, wenn sie sich nur genug anstrengten. Eines Tages wäre jeder, der sich wirklich Mühe gegeben hatte, der Chef seiner eigenen Tochterfirma.

Der dritte Bereichsleiter, eine dynamische Dame in beigem Kostüm, erklärte Logan, dass von der Ebene Fünf ein Strom kapitalistischer Energie und Weisheit ausging. Die gesamte Firma – Gebäude, Computer, Manager und Angestellte – waren Manifestationen dieses Stroms, und jeder Mitarbeiter hatte die Aufgabe, sich diesem Strom zu öffnen, worauf er unbegrenzte Fähigkeiten, Geld zu machen, erhalten würde.

Die Angestellten dieses Bereichs verbrachten einen guten Teil ihres Tages damit, sich auf diesen Strom »einzuschwingen«. In Zwanzig-Minuten-Schichten saßen auf Stapeln aus Selbsthilfe-Büchern für Manager und lauschten Motivationsseminaren aus ihren Computerlautsprechern, während ihre Augen auf psychedelische Bilder von Tausend-Dollar-Scheinen geheftet waren.

Die Dame versicherte Logan, dass alle – jawohl, alle – Mitarbeiter eigentlich Chefs waren;

das Problem war, dass sie das noch nicht wussten. Aber eines Tages würden sie es erkennen und in einen Zustand kapitalistischer Seligkeit eingehen. »Wir schaffen uns unsere eigene Realität durch das, was wir in unseren Computer tippen«, erklärte die Managerin. »Ich kann alles im Leben bekommen, was ich will; ich muss nur aufpassen, dass ich die richtigen Tasten tippe und nicht die falschen.«

Die vierte Bereichsleiterin, eine zierliche Frau Anfang fünfzig, hatte ein ähnliches Bild von der Firma, betonte jedoch, dass alle Angestellten unter dem absoluten Gesetz der Wiedereinstellung standen.

»Was ist das?«, fragte Logan.

»Wir werden alle irgendwann gekündigt, aber danach werden wir in einer anderen Position wiedereingestellt. Was für eine Position das ist, hängt davon ab, wie gut wir auf unserer letzten Stelle waren. Dieser Kreislauf von Anstellung, Gekündigtwerden und neuer Anstellung geht so lange weiter, bis wir die perfekten Angestellten geworden sind.«

»Und was geschieht dann?«

»Wer ein perfekter Angestellter geworden ist, hört auf, ein einzelner Mitarbeiter zu sein, und geht in der Firma auf, er wird sozusagen ein organischer Teil von ihr. Er erscheint dann in der Bilanz unter ›ideeller Wert‹. Wenn wir alle ideelle Werte geworden sind, wird die Firma den Zustand der absoluten Harmonie erreicht haben.«

Der letzte Bereichsleiter war ein groß gewachsener Mann mit Goldrandbrille und Spitzbart. Er hatte sehr feste Vorstellungen von der Firma und ihren Aufgaben. »Es gibt vier Grundwahrheiten, an denen sich unsere Arbeit ausrichten muss. Erstens: Ein Angestellter in dieser Firma zu sein bedeutet Leiden. Zweitens: Der Markt ändert sich ständig. Wir leiden, weil wir Profite machen wollen und weil diese Profite nicht bleiben. Drittens: Wir alle können frei werden vom Leiden, indem wir unseren Wunsch nach Profit abtöten. Viertens: Es gibt einen Weg des disziplinierten Arbeitens, der zum Absterben des Profitwunsches führt.«

»Und was geschieht, wenn der Profitwunsch gestorben ist?«

»Wir kommen in eine Welt, in der es weder Geschäft noch Nichtgeschäft mehr gibt, sondern alles profitfreie Freude ist.«

Logan konnte sich nicht vorstellen, dass die

Firma viel hatte von diesem Bereich der Abteilung Drei.

Jetzt hatte er mit den Leitern aller fünf großen Profitcenter von Ebene Drei gesprochen – und wusste nicht mehr, was er denken sollte. Sollte er in den obersten Stock fahren und dem Direktor sein Leid klagen? Aber wollte er wirklich so schnell aufgeben? Die Organisation und Abläufe in der Firma durchleuchten, das war doch sein Job; dazu war er schließlich eingestellt worden. Aber vielleicht konnte Kyle ihm ein paar Tipps geben? Versuchen konnte er es ja.

Logan fuhr mit dem Aufzug hinunter in die Ebene Eins. Das vertraute Bild grüßte ihn: ein Haufen Angestellte, die eifrig damit beschäftigt waren, nichts zustande zu bringen. Auf seinem Weg zu Kyles Schreibtisch kam er an Beth vorbei. Sie schaute kurz hoch und winkte ihm matt zu. Er winkte zurück.

Kyle war dabei, in den Mappen einiger der Angestellten zu blättern, als Logan an seinen Schreibtisch trat. »Was verschwendest du deine Zeit mit dem Quatsch?«, fragte Logan. »Hier unten schafft doch so gut wie keiner was Gescheites.«

»Ich weiß nicht. Es hält mich halt beschäftigt.

Und zu was für einem Ergebnis bist du auf Ebene Drei gekommen?«

»Ich steh voll auf dem Schlauch. Wie können die verschiedenen Bereiche dieser Abteilung irgendetwas für die Firma bringen, wenn sie sich nicht einmal darüber einigen können, wozu die Firma gut ist? Sie sind sich nicht einig, wer sie leitet, was ihre Ziele sind, was ihre Mitarbeiter für Aufgaben haben – nichts. Sie leben jeder in seiner eigenen kleinen Welt, und keine dieser Welten hat der Direktor mir gegenüber auch nur mit einer Silbe erwähnt.«

»Also, sie scheinen sich jedenfalls Gedanken über die Firma zu machen. Hier unten ist das den Leuten schier egal.«

»Aber wie ist es möglich, dass fünf Leute fünf ganz verschiedene Dinge sagen – die alle ganz anders sind als das, was ich auf der Ebene Fünf höre?«

»Das weiß ich auch nicht. Ich schätze mal, wenn die Mitarbeiter keinen Draht zur Firmenleitung mehr haben, fängt die Gerüchteküche an zu kochen, und alles wird möglich. Die Leute glauben das und richten ihre Arbeit entsprechend ein.« Kyle nahm einen Stapel Mappen in die Hand und legte sie in eine Schublade. »Geh ich recht in der Annahme, dass du mir nicht empfiehlst, in die Ebene Drei zu wechseln?«

»Richtig. Aber ich muss dir was anderes sagen: Es spricht auch manches für Ebene Drei. Egal, wie die Leute dort die Firma sehen, sie scheinen mir gute, verlässliche Angestellte zu sein. Sie reden viel über Hingabe und Loyalität und dass man die Menschen anständig behandeln muss. Eigentlich ist das Betriebsklima dort nicht schlecht – besser als auf Ebene Eins allemal. Die Mitarbeiter scheinen sich auch wohler zu fühlen – mit einer Ausnahme wahrscheinlich.«

»Und die wäre?«

»Ich habe nicht den Eindruck, dass die, die daran glauben, dass sie endlos gekündigt und neu eingestellt werden, das besonders toll finden. Eigentlich ist das eine ziemlich hoffnungslose Vorstellung.«

»Stimmt. Was, wenn du das nächste Mal Steuerprüfer bist?«

Kapitel 8

Wieder pilgerte Logan zum Schreibtisch des Direktors. Er wusste nicht recht, was er ihm diesmal berichten sollte.

»Ich bin mir nicht ganz sicher, wie ich das Hauptproblem auf Ebene Drei beschreiben soll, aber ich hab gedacht, vielleicht kann ich das mit Ihnen besprechen. Sie hatten ja gesagt, dass ich jederzeit zu Ihnen kommen kann.«

»Ja, gerne«, erwiderte der Direktor.

»Hätten Sie gerade Zeit, oder soll ich ein andermal wiederkommen?« Logan fragte sich im Stillen, ob der Direktor jemals seinen Schreibtisch verließ; immer, wenn er kam, war er da.

»Ich bin immer für Sie da.«

»Super.« Logan holte das Mini-Notebook aus seiner Aktentasche. »Also, Ebene Drei ist auf jeden Fall ganz anders als Ebene Eins und Zwei.«

»Inwiefern anders?«

»Auf Ebene Drei denken die Mitarbeiter viel mehr an die Firma als Ganzes, und sie versuchen, für dieses Ganze zu arbeiten.«

»Das sehe ich auch so.«

»Und der Betrieb scheint bei ihnen ganz gut zu laufen. Ich meine, er würde sicher noch besser laufen, wenn sie sich einigen könnten, was die Ziele der Firma sind, aber innerhalb der verschiedenen Profitcenter ist die Produktivität ziemlich gut.«

»Richtig.«

»Tja, und da hab ich die folgende Frage: Wie ist das denn nun wirklich mit Universal Systems? Auf Ebene Drei scheint jede Abteilung eine ganz andere Vorstellung davon zu haben, was die Firma ist, wer sie leitet und was ihre Ziele sind und ... ich weiß nicht. Jeder der fünf Hauptbereichsleiter sagt einem was anderes, es ist total verwirrend. Wenn ich auch noch mit den acht anderen gesprochen hätte, ich wüsste nicht mehr, ob ich Männlein oder Weiblein bin.«

Der Direktor nickte. »Ja, es gibt viele verschiedene Meinungen auf dieser Etage.«

»Aber jeder scheint es eigentlich ehrlich zu meinen.«

»Oh ja, sehr sogar.«

»Einer der Bereichsleiter, mit dem ich gesprochen habe, erwähnte etwas von einem Unternehmensberater, der vor 16 Jahren mit Instruktionen vom Chef hereingeschneit sein soll. Jemand anderes redete von einem kapitalistischen Energiefeld, das von Ebene Fünf ausstrahlt.«

Der Direktor schmunzelte. »Ich weiß nicht, ob ich das so ausdrücken würde.«

»Wie ist es denn nun wirklich?«

»Der Inhaber ist der wirkliche Besitzer und Leiter. Ich glaube, mich gibt es wirklich.« Er kreuzte die Arme und klopfte sich prüfend auf die Schultern. »Doch, ich bin echt. Und ich bin der Chef.«

»Aber ich habe nicht den Eindruck, dass die ersten drei Ebenen Weisungen von Ihnen entgegennehmen.«

»Sie bekommen so viel Weisung, wie sie wünschen. So möchte der Inhaber das haben.«

»Dann hat es diesen Unternehmensberater wirklich gegeben?«

»Es hat ihn gegeben, aber weder der Inhaber noch ich haben ihn eingestellt oder mit ihm zusammengearbeitet. Das hat die Ebene Drei auf eigene Faust gemacht.«

»Und stimmt es, dass der Inhaber früher mal Programmierer war?«

Der Direktor lachte. »Nein. Ich schätze mal, er könnte einer werden, wenn er wollte; zu dumm dazu ist er ganz sicher nicht. Aber nein, er ist nie Programmierer gewesen.«

»Jetzt weiß ich bald gar nichts mehr. Warum

glauben die Leute auf Ebene Drei all diese verrückten Sachen über die Firma?«

»In jeder Firma kommt es zu Gerüchten, und manchmal ist es leichter, den Gerüchten zu glauben als der Realität. Genau das ist auf Ebene Drei passiert.«

»Und wie profitabel arbeitet Ebene Drei? Machen die Gewinne?«

Der Direktor schüttelte seinen Kopf. »Nein. Die Bilanzen sind ähnlich bescheiden wie die von Ebene Zwei. Nicht so katastrophal wie Ebene Eins, aber Gewinne – nein.«

»Das überrascht mich jetzt etwas. Wenn man die Bereichsleiter hört, machen sie durchaus Gewinne.«

»Nun, sagen wir mal so: Sie haben eine eigenwillige Buchführung in der Abteilung.«

Logan lehnte sich auf seinem Sessel zurück. »Ich habe den Eindruck, das Hauptproblem auf Ebene Drei ist im Prinzip das gleiche wie auf Eins und Zwei. Alle drei Abteilungen fragen nicht danach, was die Firmenleitung will, sie machen ihr eigenes Ding, und keine von ihnen trägt zu den Zielen der Firma bei.«

Der Direktor beugte sich nach vorne. »Sie haben vollkommen recht. Gratuliere.«

»Aber da hab ich gleich die nächste Frage: Warum sagen Sie und der Inhaber den Leuten auf Ebene Drei nicht mal Bescheid? Ich habe den Eindruck, dass zumindest einige dort gerne die Wahrheit über die Firma erfahren würden.«

»Die können sie jederzeit erfahren, die Möglichkeiten sind da. Aber das werden Sie auf Ebene Vier sehen. Sind Sie bereit, den letzten Patienten zu untersuchen?«

Kapitel 9

Der Aufzug stoppte auf Ebene Vier. Draußen stand ein breit lächelnder Bär von einem Mann. Sein Händedruck, fand Logan, war nicht weniger kräftig.

»Sie sind sicher Logan. Willkommen auf Ebene Vier. Ich bin Jack Wilkerson.«

Der Leiter der Ebene Vier, Jack Wilkerson, war für viele seiner Mitarbeiter so etwas wie eine Kultfigur. Er war bekannt für seinen Geschäftssinn und seine Ideen und hatte eine ausgesprochen dynamische Ausstrahlung. Es fiel Logan sofort auf, wie souverän er es verstand, Gäste so willkommen zu heißen, dass sie sich wie zu Hause fühlten.

»Wir freuen uns, dass Sie auf ein paar Tage hier zu uns auf Ebene Vier kommen. Ich nehme an, Sie haben einiges beobachten können auf den Ebenen Eins bis Drei?«

Sie waren bereits dabei, einen langen Gang entlangzulaufen – offenbar die erste Etappe eines Rundgangs durch das Stockwerk.

»Ja, das kann man sagen. Ich hoffe, dass mein Bericht für den Direktor hilfreich sein wird.«

Jack lächelte. »Da habe ich keine Zweifel.

Der Direktor kann alles verwerten, was man ihm berichtet. Es ist eine seiner Stärken.«

Sie bogen nach rechts in einen anderen Gang ab. »Während wir uns unterhalten, würde ich Ihnen gerne unsere Abteilung zeigen. Ich hab gedacht, das mache ich als Erstes, und danach können Sie sich einen Schreibtisch aussuchen.«

»Gerne, danke.«

Logan bemerkte, dass jeder Arbeitsplatz einen L-förmigen Schreibtisch aus Kirschholz hatte, komplett mit Bücherregal, ebenfalls in Kirsche. Der kleinere Schenkel des »L« bestand aus einem niedrigen Aktenschrank. Es war offensichtlich, dass die Angestellten hier mehr Platz und Ruhe hatten als in den unteren Stockwerken.

»Hier oben ist alles ein bisschen gediegener. Nicht nur die Möbel. Wir haben die neuesten Computer, die neueste Software und die neueste Technik in den Besprechungszimmern.«

»Ja, hier sieht alles ziemlich neu aus. Wie kommt das?«

»Nun, einerseits möchten wir, dass unsere Abteilung ein Ort ist, der anziehend ist, wo die Angestellten gerne arbeiten und sich zu Hause fühlen. Und dann möchten wir natürlich, dass diese Abteilung ein positives Licht auf den Direktor und den Inhaber wirft.«

Logan stoppte abrupt. »Den Inhaber? Dann kennen Sie den Inhaber?«

Jack lachte dröhnend. »Selbstverständlich! Wie könnten wir seine Ziele für diese Firma in die Tat umsetzen, wenn wir ihn nicht persönlich kennen würden? Und den Direktor natürlich auch. Die beiden stehen hinter allem, was wir tun.«

Sie gingen weiter. Der Leiter zeigte auf einen großen, separaten Raum zur Rechten. »Das hier werden Sie auf keiner anderen Ebene finden.«

»Was ist das?«

»Eines unserer Cafés.«

In dem Raum saßen vielleicht zehn Angestellte. Sie tranken Kaffee, aßen Gebäck und unterhielten sich oder lasen Zeitung. Alles, was zu einem richtigen Café fehlte, war das Ladenschild. Allerhand.

»Alle Getränke und sonstigen Erfrischungen werden von der Abteilung gestellt. Wir halten unsere Mitarbeiter dazu an, dieses Café zu benutzen. Es ist ein Ort, wo sie lesen, nachdenken und sich unterhalten können. Wir haben noch drei andere solche Cafés auf Ebene Vier.«

Links sah Logan ein großes Besprechungszimmer. Ein Dutzend Leute saßen um den Tisch herum, jeder hatte ein großes, in Leinen oder Leder gebundenes Buch vor sich liegen. »Unsere Besprechungszimmer werden ständig benutzt. Wir empfehlen unseren Mitarbeitern, hierher zu kommen, sowohl für die Besprechung laufender Geschäftsprojekte als auch zur Fort- und Weiterbildung.«

»Was ist das für ein Buch, in das sie so vertieft sind?«

»Die Leute studieren gerade unser Handbuch. Wir besitzen ein Handbuch, das von den allerersten Mitarbeitern des Direktors verfasst ist. Dieses Buch bestimmt die ganze Arbeit dieser Abteilung. Nicht alle Einzelheiten natürlich, aber doch die Struktur und die Richtung. Es bestimmt unsere Vision als Unternehmen und erinnert uns immer wieder daran, was der Direktor und der Inhaber von uns erwarten. Wir halten unsere Angestellten dazu an, sich reichlich Zeit für das Studium des Handbuchs zu nehmen. Es ist uns sehr wichtig, es so treu zu befolgen wie irgend möglich.«

Sie kamen an den Eingang von etwas, das wie ein Auditorium aussah. Der Leiter öffnete zwei

Türen, und sie traten in einen hochmodernen Saal, der zweitausend Menschen Platz bieten mochte.

»Mannomann!« Logan musterte den Saal staunend. »Das ist ja ein Ding.«

Jack strahlte über das ganze Gesicht. »Ja, auf diesen Saal sind wir schon ein bisschen stolz. Wir haben jede Woche Veranstaltungen hier. Schulungsseminare, Gastvorträge von Experten, Abteilungsversammlungen, Motivationsmeetings ...«

»Motivationsmeetings?«

»So nennen wir das halt. Bitte nicht verwechseln mit Parteipropagandaveranstaltungen, an die Sie jetzt vielleicht denken. Es sind einfach Zusammenkünfte, bei denen wir uns die Vision und Ziele unserer Abteilung in Erinnerung rufen und neu überlegen, wie wir sie in die Praxis umsetzen können. Eine Band kommt und macht Musik und ...«

»Eine Band? Alle Achtung ...!«

»Wie ich schon sagte, bei uns ist alles ein bisschen gediegener. Wir möchten, dass unsere Mitarbeiter merken, wie wichtig sie der Abteilung sind. Und natürlich dem Direktor und dem Inhaber.«

Sie gingen zu dem Podium. Logan kam aus dem Staunen nicht heraus.

»Einmal im Monat zeigen wir hier auch Filme.«

»Filme, tatsächlich?!«

»Sie haben recht gehört. Aber verwechseln Sie uns bitte nicht mit einem Kino. Diese Filme dienen nicht nur der Unterhaltung, sondern auch der Motivation, und wir überlegen uns genau, was für Filme wir zeigen. Nach der Vorführung teilen die Leute sich in Gruppen auf, in denen sie sich darüber austauschen, was sie von dem Film für sich und für ihr Arbeitsteam lernen können. Unsere Mitarbeiter sind da voll dabei.«

Logan schaute zu der Empore hoch. »Sie scheinen hier ja mehr Plätze zu haben als es in Ihrer Abteilung Mitarbeiter gibt.«

Jack lächelte. »Man sollte immer auf Wachstum planen.«

»Rechnen Sie im Ernst damit, so groß zu werden?«

»Der Tag wird kommen, wo der Großteil dieser Firma auf unserer Ebene Vier konzentriert sein wird. Kann gut sein, dass wir dann noch ein, zwei Stockwerte dazunehmen müssen. Aber die meisten Leute von Eins, Zwei und Drei werden also hier bei uns landen, und dann wollen wir in diesem Saal genügend Platz für alle haben.«

Sie verließen das Auditorium. Jack reichte Logan an Ben Robinson weiter, einen sympathischen Kollegen aus dem Personalmanagement.

»Ich besorge Ihnen jetzt einen Schreibtisch und gebe den Technikern Bescheid, dass sie Ihnen mit dem Computer helfen«, sagte Ben. »Es ist gleich nebenan ein Schreibtisch frei. Oder wollen Sie lieber woanders ...«

»Nein, danke, ich bleibe gerne hier.«

»Und wie sieht Ihr Programm bei uns aus?«

»Ich würde mich gerne einmal mit einigen der ganz normalen Angestellten unterhalten. Bis jetzt habe ich meist mit Managern gesprochen, und ich würde das gerne mal anders angehen.«

»Kein Problem. Ich werde Sie gleich heute Nachmittag in einen unserer Handbuchstudienzirkel mitnehmen. Hat Jack sie schon erwähnt?«

»Ja, kurz.«

»Wir haben überall in der Abteilung Gruppen von Mitarbeitern, die einmal die Woche zusammenkommen, um das Handbuch zu studieren. Das ist eine hervorragende Methode, die Ziele, die der Inhaber und der Direktor mit dieser Firma verfolgen, nicht aus dem Auge zu verlieren und uns und unsere Arbeit durch ihre Brille zu sehen. Es wird Ihnen bestimmt gefallen.«

*

Am Nachmittag saß Logan zusammen mit einem Dutzend Mitarbeitern der Ebene Vier an einem Konferenztisch. Jeder hatte ein Exemplar des Handbuchs vor sich liegen. Man las knapp eine Seite, dann fragte Curt, ein Softwarespezialist, der die Sitzung leitete: »Was sagt der Abschnitt, den wir gerade gelesen haben, uns über unsere Arbeit in dieser Abteilung?«

Logan schaute in die Runde. Niemand meldete sich. Endlich brach eine junge Frau das Schweigen. »Also, wenn ich die ersten Sätze richtig verstanden habe, dann ist der Direktor nicht ewig und drei Tage lang böse auf uns, wenn wir was vermasselt haben.«

»Gut«, erwiderte Curt. »Wie fühlt sich das an, wenn man weiß, dass man nicht für jeden Fehler abgekanzelt wird?«

»Echt gut«, antwortete ein kahlrasierter Mann, der Anfang Dreißig sein mochte. »Es gibt uns eine ganz große Freiheit, Neues auszuprobieren, innovativ zu sein, Risiken für die Firma einzugehen. Wenn's schief geht, geht's schief, und niemand reibt uns das unter die Nase.«

Alle nickten. Logan merkte: Die Mitarbeiter wussten das, was sie da gerade gehört hatten, voll zu schätzen.

»Und was seht ihr noch in diesem Abschnitt?«, fragte Curt.

Der Kahlkopf fuhr fort: »Hier steht auch, dass man bei uns nicht in so einem Regelkorsett steckt wie auf manchen anderen Etagen. Wir wissen natürlich, dass es bestimmte Dinge gibt, die wir tun, und andere, die wir lassen sollten, aber innerhalb dieser Grenzen haben wir eine ganze Menge Freiheit.«

»Ja«, kommentierte eine Frau mittleren Alters, »es ist hier nicht so wie auf Ebene Zwei. Da bin ich zweieinhalb Jahre lang gewesen. Dort versuchen sie, tausend Regeln einzuhalten und immer schön anständig zu sein, gerade so, als ob das das Ziel aller Ziele wäre. Aber das ist es nicht. Wir versuchen, die Vision zu verwirklichen, die der Inhaber uns gegeben hat.«

»Richtig«, sagte Curt. »Und damit kommen wir zu der Mitte unseres Abschnitts. Wer kann in ein, zwei Sätzen zusammenfassen, was dort steht?«

Ein älterer Herr beugte sich nach vorne. Die Köpfe der anderen gingen etwas in seine Richtung, um ihn besser hören zu können. »Hier steht, dass wir neue Angestellte geworden sind, als wir auf die Ebene Vier kamen. Wir brauchen nicht mehr so zu arbeiten wie früher, in den anderen Abteilungen. Der Direktor selber setzt uns in Stand, das zu tun, wozu er uns eingestellt hat.«

Curt blickte um den Tisch herum. »Genau. Wir sind nicht mehr dieselben Angestellten, die wir früher waren. Wir sind neu geworden. Und wie ist das gekommen?«

Ein junger Mann antwortete. »Durch das Opfer, das der Direktor für uns gebracht hat. Wenn wir in diese Abteilung kommen, werden wir immer mehr so wie er.«

»Und was bedeutet das für uns?«, fragte Curt.

Eine andere junge Dame meldete sich. »Ja, dass wir ihm für immer dankbar sind und den Wunsch haben, Angestellte zu werden, die seiner Firma etwas bringen.«

Alle nickten.

Der ältere Mann beugte sich wieder nach vorne. Logan sah, dass er Tränen in den Augen hatte. »Für mich bedeutet es, dass der Direktor mein bester Freund geworden ist. Er hat sich für mich geopfert. Jetzt ist es mein Vorrecht, dass ich mich für ihn opfere.«

*

»Und was ist dieses Opfer, das der Direktor für die Firma gebracht hat und von dem sie hier alle reden?« Logan saß auf einem Stuhl vor Bens Schreibtisch.

Ben lächelte, als ob er sich freute, die Frage beantworten zu können. »Vor Jahren warf man der Firma vor, bei einem Großauftrag für die Regierung betrügerische Manipulationen getätigt zu haben. Wir wurden wegen überhöhter Rechnungen vor Gericht gezogen. Es zeigte sich später, dass die Anschuldigungen komplett aus der Luft gegriffen waren. Das Ganze war eine Racheaktion von ein paar ehemaligen Angestellten der Ebene Eins, aber sie war so gut geplant, dass es aussah, als ob die ganze Firma den Bach runtergehen würde.«

Er öffnete eine Schublade, blätterte einige Mappen durch und zog eine von ihnen heraus. »Der Direktor hat damals die ganze Sache auf sich genommen, um die Firma zu retten. Er war der Hauptbeschuldigte, und es gelang ihm, die anderen zu entlasten und selber den Sündenbock zu machen. Die Firma kam mit einem blauen Auge davon, und er kam ins Gefängnis. Es war ein Fest für die Boulevardpresse.«

Er reichte Logan einen Zeitungsausschnitt mit der Überschrift: »Betrugsaffäre: Chef kommt in den Knast.«

Logan überflog den Artikel. »Aber er muss doch wieder rausgekommen sein.«

»Nach ein paar Jahren gab einer der Täter zu, dass die Beschuldigungen erfunden waren. Die ganze Sache flog auf, und die Staatsanwaltschaft ließ den Direktor frei. Für uns war das die wichtigste Phase in der ganzen Geschichte der Firma: Der Direktor opferte sich für die anderen, für uns alle. Bis dahin hatte die Firma mehr oder weniger nur aus den Ebenen Eins, Zwei und Drei bestanden. Jetzt begann unsere Abteilung, die Ebene Vier, aufzublühen, und der Direktor wurde echt populär. Wer heute ›Universal Systems‹ sagt, denkt vor allem an unsere Abteilung.«

*

Etwas später an diesem Nachmittag schickte Logan eine E-Mail an Kyle, in der er ihn zum Lunch auf Ebene Vier einlud. Sie trafen sich am nächsten Tag.

»Du machst einen aufgekratzten Eindruck«, kommentierte Kyle, als sie auf ihre Grillsandwiches warteten. »Hast du das Problem hier oben schon gefunden?«

»Ich glaube nicht, dass es hier eins gibt.«

»Kein Problem? Bist du hier im Paradies gelandet, oder was?«

»Nicht im Paradies, aber in einer Abteilung, wo die Angestellten ihr Bestes bringen, voll motiviert sind und ihre Arbeit lieben. So was habe ich noch nirgends gefunden, also ganz bestimmt nicht auf Ebene Eins bis Drei. Ein ganzes Stockwerk voller zufriedener Mitarbeiter!«

Kyle nahm sein Sandwich und eine Schale Obst und folgte Logan zu einem kleinen Tisch. »Und was meinst du, woran es liegt, dass diese Abteilung so anders ist?«

»An mehrerem.« Logan biss in sein Schinken-Käse-Sandwich. »Ich würde mal sagen, das Wichtigste ist, dass in dieser Abteilung der Inhaber und der Direktor den Ton angeben.«

»Der Inhaber? Wer ist das?«

»Der Besitzer der Firma.«

»Echt? Die kennen hier oben den Besitzer der Firma?«

»Ja.«

»Können die den manchmal sprechen?«

»Das nicht, aber sie studieren ein Handbuch, das von den allerersten Managern des Direktors verfasst wurde und natürlich die Sicht des Inhabers wiedergibt. Das ist so ähnlich, als ob sie ihm selber gegenübersitzen. Ein weiterer Pluspunkt ist die Arbeitsumgebung. Hier oben ist alles vom Feinsten – Möbel, Computer, Software, alles. Auch die Gehälter können sich sehen lassen. Und nicht nur das: Der Inhaber sichert den Mitarbeitern seine Hilfe bei allen Problemen zu, die sie haben. Und er garantiert ihnen, dass sie ihren Arbeitsplatz für immer behalten werden.«

Kyle hörte auf zu kauen. »Für immer? Soll das ein Witz sein?«

»Nein. Jetzt schon kriegen sie alle möglichen Sonderleistungen. Abteilungscafés, wo sie eine Pause machen können, Weiterbildungsprogramme mit den besten Dozenten, Motivationswochenenden, und alles zahlt die Firma. Die Leute sind begeistert von der Firma, sie würden ihr letztes Hemd für sie hergeben.«

Kyle nahm einen Schluck von seiner Cola. »Klingt fast zu schön, um wahr zu sein.«

»Ist aber wahr. Das hier ist die Firma.« Logan unterbrach sich. »Aber ich wollte dich was fragen, Kyle: Warum bist du noch auf Ebene Eins?«

»Wie meinst du das?«

»Wie ich es sage. Du vergeudest da unten doch nur deine Zeit.«

Kyle nahm den nächsten Bissen, bevor er antwortete. »Ich weiß. Ich schätze, das sind die Kollegen da unten. Oder ein paar von ihnen jedenfalls.«

»Aber es gibt in jeder Abteilung nette Leute.«

»Also, wenn ich ganz ehrlich bin: Zu den anderen Ebenen hat es mich nie hingezogen. Ich kann nicht in Ebene Zwei wechseln; die Paragrafen da würden mich verrückt machen. Ebene Fünf ist bestimmt genauso; da oben auf der Chefetage haben sie sicher noch mehr Regeln. Und du hast selber gesagt, dass sie auf Ebene Drei nicht ganz dicht sind.«

»Ich rede ja auch nicht von Ebene Drei. Komm hier rauf auf Ebene Vier. Vertrau mir. Du wirst es nicht bereuen.«

Kyle lehnte sich auf seinem Stuhl zurück. »Na schön, womöglich wär das wirklich 'ne Idee.

Zumindest probeweise. Könntest du das für mich einfädeln?«

»Ich glaube schon. Ich werde mal mit dem Leiter hier sprechen, der kann bestimmt was arrangieren, dass sie dich nach Ebene Vier ausleihen, als meinen Assistenten sozusagen. Du müsstest halt jemanden finden, der dich so lange auf Ebene Eins vertritt.«

Zwei Tage später trat Kyle seinen Dienst auf Ebene Vier an. Er richtete sich an einem leeren Schreibtisch gleich neben Logan ein. »Ich bin wirklich nur zur Probe hier, dass du's weißt. Was du da erzählt hast, klingt gut, aber ich kann dir nicht versprechen, dass ich auf die Story mit dem Direktor abfahr und auf den ganzen Zirkus, den die hier machen.«

Logan lachte. »Wer hat dir denn das gesagt? Jetzt schau dir's einfach mal an, mehr brauchst du nicht zu machen.«

Kapitel 10

Drei Tage später saßen Logan und Kyle in dem großen Auditorium von Ebene Vier, an ihrer Seite Angie, die Logan beim Handbuchstudium kennengelernt hatte. Obwohl alle Mitarbeiter der Ebene Vier da waren, war der Saal kaum halbvoll, aber die Atmosphäre war fantastisch. Man sang, begleitet von einer Band, die der Leiter engagiert hatte und die auf dem Podium spielte, Motivationslieder. Die Texte erschienen auf einer großen Leinwand. Die Zuhörer klatschten begeistert den Takt mit.

Angie beugte sich zu Logan hin und sagte, so laut, dass er sie verstehen konnte: »Ist das nicht toll?«

»Ja, echt cool. Ein Konzert während der Arbeitszeit – das hab ich noch nie erlebt!«

Sie sangen und klatschten vier weitere Lieder, dann trat der Leiter auf das Podium.

Er nickte zu der Band hin. »Unsere Universal Systems Profit Makers haben einen dicken Applaus verdient.« Das Auditorium klatschte ausgelassen.

»Sie sind heute wieder echt spitze.« Und nach einer kleinen Pause: »Okay. Wir haben uns heute viel vorgenommen. Die Zahlen vom dritten Quartal sind da, und ich darf euch hiermit mitteilen, dass der Gewinn unserer Abteilung 26 Prozent höher ist als im dritten Quartal des letzten Jahres!«

Beifalls- und Hurrarufe.

Der Leiter fuhr fort: »Dass das so ist, liegt nicht zuletzt an euch! Ihr habt euch voll eingebracht, ihr dürft stolz sein auf die Arbeit, die ihr für den Inhaber tut!«

Wieder Beifall.

»Und als Nächstes darf ich bekannt geben, dass die Abteilung angesichts der hohen Gewinne in den ersten drei Quartalen dieses Jahres in den Weihnachtsferien eine einwöchige Kreuzfahrt für die Belegschaft spendieren wird!«

Der Saal explodierte fast vor Begeisterung. Die Band begann zu spielen, und die ganze Menge klatschte und sang volle fünf Minuten lang. Der Leiter gebot mit einer Geste Stille. »Aber …« Er wartete, bis alle sich beruhigt hatten. »Aber dies ist nicht nur eine Vergnügungsreise.«

»Oooh …« Einige Zuhörer taten so, als ob sie enttäuscht waren.

»90 Prozent Vergnügen wird es schon sein.« Erneuter Applaus. »Aber wir haben auch drei exzellente Redner engagiert, die uns während dieser Woche in das Thema ›Wie man Träume hat und wahr macht‹ einführen werden. Plus – und wir wissen, dass ihr das schätzen werdet –: Bei einem unserer Landgänge werden wir mit der ganzen Gruppe einen einstündigen Diensteinsatz machen.«

Applaus.

»Könnt ihr ihn nicht förmlich spüren, den Geist des Inhabers in diesem Saal?«

»Jaaaa!«

»Gut. Wir haben heute Nachmittag etwas ganz Besonderes auf dem Programm. Aber zuerst möchte ich euch fragen: Wie viele Besucher aus den Ebenen Eins, Zwei und Drei sind heute Nachmittag unter uns? Vielleicht steht ihr mal auf, damit man euch besser sehen kann!« Ungefähr fünfzig Personen erhoben sich zu höflichem Beifall.

»Willkommen auf Ebene Vier. Wir hoffen, dass unsere Monatsversammlung euch einen kleinen Einblick geben wird, was uns zu unseren Leistungen antreibt und was für ein Vorrecht es für uns ist, für den Inhaber arbeiten zu dürfen.«

Logan sah, wie die Umsitzenden alle nickten. Wieder beugte Angie sich zu ihm hin und sagte, diesmal im Flüsterton: »Ist es nicht ein Genuss, ihm zuzuhören? Ich kenne kaum einen, der mich so begeistert wie unser Leiter.«

Der Leiter fuhr fort: »Und jetzt möchte ich beginnen mit einem Statement von einem eurer Kollegen, Jeff Millson. Jeff, bitteschön!«

Ein junger Mann sprintete einen der Gänge entlang nach vorne, erklomm die Treppe zu dem Podium und trat neben den Leiter.

»Jeff hat sich aus Ebene Eins zu uns versetzen lassen, vor ... wann war das ungefähr?«

»Vor sechs Monaten.«

»Und was war dein Motiv dafür, sich uns auf Ebene Vier anzuschließen?«

»Ich war auf Ebene Eins überhaupt nicht zufrieden. Jeder machte, was er wollte, die Ziele der Firma waren den Leuten total egal. Nach einer Weile fühlte ich mich richtig leer. Ich meine, anfangs war es ja ganz nett, dass man machen konnte, was man wollte, versteht mich da nicht falsch.«

Vereinzeltes Lachen.

»Aber auf Dauer kann man so nicht leben. Es reicht nicht, dass man jeden Monat sein Geld kriegt; der Beruf muss auch einen Sinn haben. Und ich habe entdeckt, dass es nichts Sinnvolleres gibt, als für den Inhaber zu arbeiten und das zu tun, was er an Aufträgen hat.«

Der Leiter lächelte. »Danke Jeff. Und jetzt die nächste Frage: Wie verstehst du dich mit deinen Kollegen in dieser Abteilung? Gibt es Dinge, die dich mit dem einen oder anderen verbinden?«

»Absolut! Ich fühle mich hier wie zu Hause, und das Klima in unserer Handbuchstudiengruppe ist unglaublich gut.«

Angie zupfte Logan am Ärmel. »So fühle ich mich in unserer Gruppe auch.«

Der Leiter beendete das Interview. »Es war schön, dich hier vorne zu haben, Jeff. – Ich glaube, Jeff hat einen kleinen Applaus verdient.«

Die Menge klatschte, während ein fröhlicher Jeff das Podium wieder verließ.

Der Leiter strahlte. »Seht ihr, was wir an unserer Ebene Vier haben? Wir alle spüren es natürlich, wir alle wissen es, aber nur zu leicht nehmen wir es für selbstverständlich. Da tut es gut, wenn uns mal jemand seine Geschichte erzählt. Aber jetzt möchte ich euch etwas Ernstes sagen.«

Es wurde still in dem Saal.

»Leute, wir brauchen mehr Besucher aus den Ebenen Eins, Zwei und Drei in diesem Saal. Wie können die Leute das erkennen, was wir wissen, wenn wir sie nicht einladen, es sich einmal mit eigenen Augen anzusehen?«

Ein paar gaben laut ihre Zustimmung.

»Wie seht ihr das? Werden sie es erkennen, wenn wir sie nicht einladen?«

Der halbe Saal rief: »Nein!«

»Können sie das erfahren, was wir jeden Tag erfahren, wenn wir es ihnen nicht persönlich zeigen?«

»Nein!«

»Das sehe ich auch so. Und jetzt habe ich eine Aufgabe für euch: Heute sind etwa fünfzig Besucher von den unteren Abteilungen unter uns. Nächsten Monat möchte ich zweihundert hier sehen!«

Angie und Logan sahen sich an, dann schaute Logan an Angie vorbei zu Kyle hin, der flüsternd wiederholte: »Zweihundert?«

»Ich möchte, dass jeder von euch … sagen wir: fünf Personen aus den Ebenen Eins bis Drei, die er kennt, persönlich anruft oder ihnen eine E-Mail schickt und sie zu unserem nächsten Motivationsmeeting einlädt. Ich möchte mindestens zweihundert neue Gesichter hier sehen. Wir können es schaffen, das weiß ich!«

Zustimmender Applaus.

»Okay. Und jetzt kommt das versprochene Highlight dieses Tages. Ich darf euch einen ganz besonderen Gast vorstellen. Ihr kennt ihn alle aus dem Fernsehen, als Benny aus ›Das wilde Leben‹, und seine preisgekrönte Country-Musik klingt uns seit Jahren in den Ohren. Ich bitte um eine echte Ebene-Vier-Begrüßung für den Star des Nachmittags, Patrick Winstead!«

Unter frenetischem Beifall stieg der berühmte Sänger auf die Bühne und trat zu dem Leiter. Nach zwei Minuten bedeutete der Leiter den Anwesenden, sich wieder zu setzen. »So was nenn ich eine Begrüßung, jawohl!«

Er interviewte Winstead etwa zehn Minuten lang. Der Entertainer berichtete, wie er dank der Prinzipien des Inhabers vom Alkohol losgekommen, einer drohenden Scheidung entgangen war und nicht mehr sein Geld in Fehlinvestitionen verpulverte. »Heute habe ich mein Leben endlich im Griff, meine Ehe ist stabiler als je zuvor, meine Kinder haben einen richtigen Vater im Haus, und der Investmentfonds, den mein Finanzberater mir empfohlen hat, läuft so gut, dass ich zuschauen kann, wie das Geld mehr wird.«

Er nahm seine Gitarre in die Hand, setzte sich auf einen hohen Hocker und sagte: »Das Lied, das ich jetzt singen werde, habe ich für den Inhaber geschrieben, als ich endlich die Kurve gekriegt hatte.«

Er sang eine leise Melodie, die der Saal mit donnerndem Applaus belohnte. Der Leiter der Abteilung ergriff wieder das Wort. »Ein Hoch auf Patrick Winstead!« Mehr Applaus, während der Sänger das Podium verließ. »Danke, Patrick.«

Der Leiter räusperte sich. »Okay. Und jetzt werden wir unser Programm beenden mit der Treuefeier, die wir alle drei Monate begehen.« Logan sah, wie hinter dem Leiter mehrere Männer anfingen, Stühle und große Topfpflanzen aufzustellen.

»Einmal im Quartal geben wir euch allen Gelegenheit, euch ganz persönlich zu überlegen, wie eure Leistung als Mitarbeiter der Ebene Vier in der letzten Zeit gewesen ist. Dies ist etwas, das nur euch und den Inhaber angeht. Was meint ihr, was er von euch erwartet? Setzt ihr euch so für die Ziele der Firma ein, wie ihr es euch ursprünglich vorgenommen hattet? Kann der Inhaber stolz auf euch sein?«

Logan merkte, wie Angie neben ihm auf ihrem Stuhl hin- und herrutschte. Der Leiter fuhr fort: »Ich möchte, dass ihr euch jetzt, während hinter mir alles vorbereitet wird, jeder ganz persönlich prüft. Ist eure Hingabe groß genug, oder müsst ihr sie erneuern? Ist es vielleicht Zeit, dass ihr – vor euch, vor euren Kollegen und vor dem Inhaber – neu demonstriert, dass ihr fest entschlossen seid, für ihn zu arbeiten?«

Er drehte sich um und schaute nach hinten. Der Umbau des Podiums war beendet.

»Okay. Es ist so weit. Wenn ihr spürt, dass ihr eure Hingabe erneuern solltet, aber auch dann, wenn ihr nicht ganz sicher seid, aber es nötig sein könnte, dann steht auf und kommt hierher nach vorne.« Mehrere Personen erhoben sich und begannen, die Gänge entlang zum Podium zu gehen. »Ja, kommt nur. Viele von uns haben das schon getan. Uns allen passiert es, dass wir lau werden und die rechte Disziplin und Liebe verlieren. Wir fühlen mit euch. Es ist Zeit, einen Neuanfang zu machen. Es ist Zeit, wieder voll durchzustarten in unserer Arbeit und unser Allerbestes zu geben. Vielleicht möchtest auch du nach vorne kommen und dich neu verpflichten auf den Inhaber und seine Ziele?«

Logan spürte, wie jemand ihn antippte. Es war Angie, die an ihm vorbei wollte. Er schaute in die Runde. Mehrere Dutzend Angestellte waren dabei, die Gänge entlang zu dem Podium zu gehen. Logan erkannte noch einen von ihnen: Curt, der den Handbuchkreis geleitet hatte.

Auf der Bühne angekommen, setzten sie sich alle auf die Stühle. Dann trat einer nach dem anderen auf ein Handzeichen einzeln zu dem Leiter, der ihm für seinen Einsatz in der Firma dankte sowie für seinen Mut, hier vor aller Augen seine Treue zum Inhaber zu erneuern. Jeder der Mitarbeiter sprach ein paar Worte des Bedauerns darüber, dass er nicht treu genug gewesen war, und gab dann ein Loyalitätsgelöbnis, das der Leiter ihm vorsprach.

Jetzt war Angie an der Reihe. Als sie fertig war, schüttelte sie dem Leiter die Hand und trabte zurück zu ihrem Platz. Logan beugte sich zu ihr. »Das war tapfer.«

Sie schaute zu ihm hoch, Tränen in den Augen. »Das war Zeit.«

Als sie den Saal verließen, bekam jeder an der Tür ein T-Shirt in die Hand. Auf dem T-Shirt stand: ›50 sind noch nicht sehr viel. 200 ist unser Ziel.‹« Kyle streifte sich seines gleich über sein Hemd. »Cool.«

Sie gingen zurück in ihre Abteilung. Kyle trat an Logans Schreibtisch. »Na?«, fragte Logan. »Wie fandest du das?«

»Ich fand es ein bisschen pompös. Und diese Treuefeier, die war …«

»Was?«

»Ein bisschen manipulativ, wenn du mich fragst.«

»Ich finde es gut, wenn Angestellte sich hin und wieder neu darüber klar werden, für wen oder was sie überhaupt arbeiten. Mehr haben sie doch nicht gemacht.«

»Aber hast du nicht mitgekriegt, dass ein paar von denen das schon zum dritten Mal hintereinander gemacht haben? Vielleicht ist die Firmenloyalität gar nicht ihr eigentliches Problem.« Kyle schaute zu den anderen Mitarbeitern hin, die an ihre Schreibtische zurückkehrten. »Aber jetzt mal was anderes. Jeder redet in dieser Abteilung davon, dass er den Inhaber persönlich kennt. Aber wie viele von denen haben den Inhaber je zu Gesicht bekommen?«

Logan zuckte die Achseln. »Frag mich was Leichteres.«

Kapitel 11

In der nächsten Woche nahmen Logan und Kyle an einem ganztägigen Fortbildungsseminar teil, das von einem Team von Unternehmensberatern geleitet wurde, das etwa einmal im Jahr in die Firma kam. Der Titel des Seminars lautete: »Die Pläne des Inhabers verstehen«. Es gab ein Vormittags- und ein Nachmittagsprogramm mit bunten Präsentationen und Kurzfilmen, dazu zwei je vierteilige Gruppen-Workshops zur Vertiefung und individuellen Arbeit.

Logan entschied sich, ebenso wie Ben, für den Workshop A, der folgende Punkte behandelte:

- Erfolgsgeheimnisse des Inhabers
- Deine beste Karriere jetzt
- E-Mails an den Direktor, die etwas erreichen
- Mehr erreichen, als du denkst – den eigenen Horizont erweitern

Kyle wählte die Gruppe B:

- Führungsgeheimnisse des Inhabers
- Wie wir vom Direktor lernen können, unsere persönlichen Ziele zu erreichen
- Schritte zu einem gesunden Selbstbild im Beruf
- Wie ich alles erreiche, was der Inhaber für mich vorgesehen hat

In der Mittagspause inspizierten Logan, Ben und Kyle den Büchertisch, der hinten im Saal stand. Ben kaufte vier Bücher, die Seminar-CDs und eine DVD-Serie mit dem Titel »Wie man ein Champion wird«. Übungen für Aufsteiger. Logan kaufte die CDs. Kyle kaufte gar nichts.

»Warum kaufst du nicht auch was?«, fragte Logan ihn, während sie auf Ben warteten.

»Was soll das bringen?«

»Das sind gute Sachen. Könnten dir nicht schaden.«

»Mir nicht, aber meinem Portemonnaie.« Kyle senkte seine Stimme. »Hast du mal gesehen, wie voll Bens Bücherregal jetzt schon ist? Das müssen Bücher für 2.000 Dollar sein, die er an seinem Arbeitsplatz gebunkert hat.«

Nach der Nachmittagsveranstaltung gingen die drei in das Café, um sich über das Seminar auszutauschen. Logan eröffnete das Gespräch: »Ich finde, die erste Präsentation war spitze. Es stimmt: Schein und Sein sind oft zwei verschiedene Paar Stiefel. Aber noch mehr gefallen haben mir die Fallbeispiele dafür, dass man alle seine Ziele erreichen kann, wenn man nur dem Direktor vertraut, weil er schließlich möchte, dass alles gut läuft.«

Kyle nahm einen Bissen von seinem Kuchen. »Wie wars in deinem Workshop, Ben? Hat das was gebracht für dich?«

»Jawohl! Alle vier Teile. Bei den Erfolgsgeheimnissen hab ich pausenlos mitgeschrieben. Und das mit der Horizonterweiterung und dass man mehr kriegen kann, als man denkt – das hat voll ins Schwarze getroffen, da muss ich echt dazulernen.« Er nahm sich eine Serviette von Kyles Stapel. »Und wie war es bei dir?«

»Interessant. Die Filmausschnitte haben mich wachgehalten.« Kyle schielte zu Logan hin, der die Augen rollte.

Ben sagte: »Es wäre schön gewesen, wenn sie einem ein bisschen konkreter gesagt hätten, was man machen kann, um beruflich voranzukommen. Also, ich ... Habt ihr was dagegen, wenn ich mal ganz offen bin?«

»Nein«, antworteten beide.

»Ich hab den Eindruck, meine Karriere könnte ‘nen kleinen Anschub gebrauchen. Ich bin jetzt vier Jahre an der gleichen Stelle und nie befördert worden. Als ich in die Ebene Vier kam, hab ich gedacht, dass man da öfter mal aufsteigt, aber das ist nicht passiert. – Na ja, vielleicht bringen die DVDs mir was.« Ben stellte seine Kaffeetasse ab. »Irgendwie steck ich gerade in so einem Loch. Die erwarten in dieser Abteilung, dass man wer weiß was unternimmt, um ein besserer Mitarbeiter zu werden, aber bei mir scheint nichts davon zu funktionieren. Ich hab alles Mögliche ausprobiert, aber ich komm einfach nicht weiter. Was diese tollen Redner sagen, da bin ich meilenweit entfernt davon.«

Kyle legte seine Hände um seine Tasse. »Und glaubst du, deinen Kollegen geht's besser?«

»Sie tun jedenfalls so.«

Sie tranken ihren Kaffee fertig und gingen zurück zu ihrem Büro. Kyle setzte sich auf einen von Logans Sesseln. »Du bist doch hier, um auf jeder der Ebenen eine Problemanalyse zu machen.«

»Ja.«

»Und hast du herausgefunden, was hier auf Ebene Vier los ist?«

»Nein. Das heißt, zuerst hab ich gedacht, die haben gar keine Probleme hier.«

»Keine Probleme? Du klingst gerade so, als ob du der Propagandaminister der Abteilung bist.«

»Ich bin noch am Analysieren.«

»Du siehst den Wald vor lauter Bäumen nicht.«

*

Die nächste Woche verbrachten Logan und Kyle damit, alle möglichen Mitarbeiter der Ebene Vier zu befragen – Manager, Technikspezialisten, Verwaltungsleute. Schon nach dem ersten Tag wollte die große Langeweile kommen, aber es gab ein paar Details, die sie aufhorchen ließen. Sie bemerkten zum Beispiel, dass die Mitarbeiter der Ebene Vier schier verrückt auf Slogans waren. Ob auf Bildschirmschonern, Ansteckern oder Aufklebern am Computergehäuse – überall prangten Sprüche und Parolen. Einige Angestellte hatten einen Bildschirmschoner mit einem Bild des Direktors, über dem der Satz »Dein Äußerstes für sein Höchstes« stand. Wie kam der Direktor dazu, sich als Bildschirmschoner verwenden zu lassen?

Die Leute auf Ebene Vier schienen auch verliebt in Krimskrams und Zubehör aller Art zu sein. Auf ihren Schreibtischen stapelten sich CDs mit Movitationsmusik und DVDs mit Mitarbeiterseminaren, neben dem Telefon standen Nippesfiguren mit dem Firmen-Logo, an den Wänden hingen Firmen-Poster. Mehr als einmal fragte Logan sich: Wo haben die das ganze Zeug her?

Alle Mitarbeiter gaben ihr Bestes für die Firma. Sie legten Logan und Kyle lang und breit dar, was für Opfer sie für den Inhaber gebracht hatten. Doch trotz all dieser Beteuerungen hatte Logan immer mehr das dumme Gefühl, dass die Angestellten auf Ebene Vier nicht viel anders arbeiteten als die auf Ebene Zwei und Drei. Schön, sie nahmen brav an den Motivationsmeetings und Handbuchstudienzirkeln teil, aber im grauen Alltag waren sie kaum von ihren Kollegen auf Ebene Zwei und Drei zu unterscheiden, dachte er.

Die Bezahlung und besondere Anerkennung, die sie als Angestellte der Ebene Vier genossen, schienen sie alle sehr zu schätzen. Und natürlich die unbefristete Arbeitsplatzgarantie, die in der Tat etwas Besonderes war.

Am auffälligsten war, dass alle behaupteten, zufrieden zu sein – mit ihrer Tätigkeit, mit dem Direktor, mit dem Inhaber, mit den Kollegen. Alle freuten sich, in der besten Abteilung der Firma arbeiten zu dürfen.

»Die Leute hier behaupten alle, dass sie zufrieden sind«, sagte Logan, als er mit Kyle allein war.

»Ja, das ist mir auch aufgefallen.«

*

Am Freitagmorgen ging Kyle in eines der Cafés, wo er sich mit Ben verabredet hatte. Logan nutzte die Gelegenheit, um zu dem Süßigkeitenautomaten zu gehen. Als er an einem der Besprechungszimmer vorbeikam, sah er, dass drinnen Angie am Tisch saß. Sie sah aufgelöst aus. Er steckte seinen Kopf durch die Tür. »Alles okay?«

Angie schaute auf. Ihre Wimperntusche war verschmiert.

Logan setzte sich an den Tisch. »Was ist passiert?«

»Ich hab gerade einen Anruf gekriegt ...«

Auf einem Beistelltisch an der Wand lagen Papiertaschentücher. Logan langte hinüber und reichte Angie eines. Sie wischte sich die Augen.

»... von einem Kunden. Sie wollten einen großen Auftrag für uns unterschreiben, aber jetzt haben sie den Auftrag jemand anderem gegeben.« Sie wischte sich wieder die Augen. »Ich weiß, dass das blöd ist, aber ... ich hatte so fest damit gerechnet, dass wir den Zuschlag kriegen.«

Logan schwieg einen Augenblick. »Das tut mir leid.«

Angie nahm ihr Mobiltelefon vom Tisch und

schob es in ihre Handtasche. »Danke. Ich wollte dich nicht damit belästigen.«

»Nein, das ist schon okay, ich versteh dich.«

»Ich versteh einfach nicht, warum die einen Rückzieher gemacht haben. Das Geschäft war so gut wie abgeschlossen. Warum hat der Direktor das zugelassen? Ich hab ihm eine E-Mail geschickt und gebeten, direkt mit dem Chef der anderen Firma zu reden. Ich war sicher, dass er das tun würde, aber vielleicht hat er's nicht gemacht. Ich war so sicher, dass es klappen würde, ich hab mich so auf ihn verlassen, und jetzt ist meine ganze Arbeit umsonst gewesen …«

Ihre Tränen begannen wieder zu fließen. Logan reichte ihr ein zweites Taschentuch. »Ich wollte, ich könnte dir deine Fragen beantworten«, murmelte er. »Aber ich weiß wahrscheinlich noch weniger über den Direktor als du.«

Sie schaute zu ihm hoch. »Ich weiß, was du meinst. Ich hab gedacht, dass ich ihn ganz gut kenne. Aber …« Sie wischte sich die nächste Portion Wimperntusche ab. »… ich weiß nicht, ob er nicht vielleicht ganz anders ist. Ich bitte ihn um etwas, und er tut's einfach nicht. Warum tut er es nicht?«

*

Ben setzte sich auf einen der Caféstühle, Kyle gegenüber. »Na, wie laufen eure Interviews mit den Angestellten?«

»Nicht schlecht. Nach einer Weile ist es halt immer dasselbe. Die Leute sagen mehr oder weniger das Gleiche. Es ist fast so …« Kyle unterbrach sich.

»Fast so wie?«

»Fast so, als ob sie alle ihren Spruch aufsagen.«

»Du meinst, ihre Vorgesetzten haben sie geimpft …«

»Nein, überhaupt nicht. Es ist … es ist so: Stell dir vor, du gehst auf ein gesellschaftliches Ereignis, zum Beispiel auf den großen Abschlussball nach dem Abitur. Alle gehen hin, und hinterher schwärmen alle davon, wie schön es war. Du hast es nicht schön gefunden, höchstens durchwachsen – so war es bei mir. Aber das sagst du natürlich nicht laut, sondern wenn einer dich fragt, wie der Abschlussball war, antwortest du: ›Toll.‹«

»Und du meinst also, bei euren Gesprächen läuft das ähnlich?«

»Teilweise schon. Ich hab das dumme Gefühl, dass in dieser Abteilung nicht alles Gold ist, was glänzt.«

Bens eine Augenbraue ging hoch. »Wie kommst du darauf?«

»Nun, alle reden die ganze Zeit davon, wie gerne sie für den Inhaber und den Direktor arbeiten und wie sie alles nur für sie tun. Aber in der Praxis seh ich davon nicht viel.«

»Willst du damit sagen, dass hier keiner seinen Job wirklich liebt?«

»Doch, ein paar schon, aber für die meisten – ist es nur ein Job wie jeder andere. Sie tun ihre Arbeit, weil sie nun mal hier beschäftigt sind, und nicht, weil sie den Direktor so lieben. Und noch was: Ich hab den Eindruck, dass denen diese ganzen Ebene-Vier-Mantras allmählich zum Hals raushängen.«

»Mantras? Was für Mantras?«

»Na, diese Slogans und Sprüche wie: ›Wir sind die Treuen in der Firma.‹ – ›Wir tun alles, was der Inhaber sagt.‹ – ›Unsere Arbeit bringt uns jeden Tag Erfüllung.‹ – ›Der Direktor ist unser bester Freund.‹ Darf ich dir da mal eine indiskrete Frage stellen? Findest du, dass der Direktor dein bester Freund ist?«

»Gut, da hast du recht. Man erwartet hier halt, dass wir das sagen.«

»Aber ist es auch wahr?«

»Bei mir nicht, nein.«

Kyle lehnte sich zurück. »Ich hab den Eindruck, hier ist viel Augenwischerei. Lauter Leute, die etwas sagen oder tun, weil das von ihnen so erwartet wird, und nicht, weil es von Herzen kommt. Ich meine jetzt nicht dich persönlich.«

»Ist schon gut.«

»In dieser Abteilung sind alle so glücklich. Angeblich. Aber ich erlebe hier lauter Leute, die sich mit tausend Tricks einreden, dass sie glücklich sind, weil man das auf Ebene Vier halt zu sein hat. Sie ziehen sich Seminare und DVDs rein, um mehr berufliche Erfüllung zu bekommen. Oder spielen Computerspiele, um sich abzulenken. Und die ganze Zeit tun sie angeblich immer genau das, was der Inhaber will. Das passt vorne und hinten nicht zusammen.

Ben schwieg. Es schien eine Ewigkeit zu dauern. Dann räusperte er sich und sagte: »Kyle, für jemand aus Ebene Eins hast du ganz schön was drauf.«

Kyle lachte. »Das ist halt das, was ich so beobachte. Vielleicht lieg ich auch falsch; ich bin manchmal etwas vorschnell mit meinen Urteilen.«

»Ich finde, du liegst ziemlich richtig.«

»Ich will dir damit jetzt nicht zu nahe treten, Ben. Ehrlich gesagt, du bist der normalste Mensch, den ich hier oben bisher getroffen hab.«

Ben lächelte kurz. »Danke.« Er beugte sich nach vorne und fuhr leiser fort: »Wenn ich ehrlich sein darf: Ich bin etwas desillusioniert in der letzten Zeit. Das sind hier noch mehr, aber keiner will es zugeben. Wir tun all die Dinge, die angeblich topwichtig sind: Wir arbeiten, besuchen die Handbuchstunden, pflegen unser persönliches Handbuchstudium und gehen in die Motivationsmeetings. Bei uns sind alle mordsaktiv, aber wo sind die Ergebnisse? Unsere Arbeit bringt keinem ›jeden Tag Erfüllung‹ – jedenfalls nicht so, wie ich ›Erfüllung‹ verstehe.«

»Wenn das so ist, warum ändert dann keiner was?«

»Wie sollte das denn gehen? Unsere Art, wie wir hier arbeiten, ist doch angeblich die beste; so steht's jedenfalls im Handbuch, wenn ich das richtig sehe.«

»Vielleicht lesen die Leute das Handbuch nicht richtig.«

Ben schüttelte den Kopf. »Wenn das hier nicht das ist, was der Inhaber von uns erwartet, was erwartet er dann?«

Kyle beugte sich näher zu Ben und wurde selber leiser. »Da hätte ich eine Frage, die ich dir schon länger stellen wollte. Hat schon mal jemand den Inhaber gesehen?«

Ben schaute vorsichtig nach links und rechts. »Nicht, dass ich wüsste.«

»Woher wisst ihr dann, dass es ihn überhaupt gibt?«

Ben schaute vor sich auf den Tisch, dann sah er wieder Kyle an. »Das frag ich mich manchmal auch. Aber wie soll eine Firma wie United Systems ohne einen Besitzer möglich sein?«

*

Beim Mittagessen tauschten Logan und Kyle sich über die Gespräche aus, die sie am Vormittag geführt hatten. Logan war überrascht, als er hörte, was Ben Kyle alles erzählt hatte. »Dass er so denkt, hätte ich nie erwartet. Oder dass er es rauslässt.«

Kyle nickte. »Ich glaube, der merkt allmählich, dass in dieser Abteilung nicht alles so ist, wie es den Leuten eingeimpft wird, obwohl er nach wie vor sein Bestes gibt. Aber wie ist der Stand deiner Analyse? Was hältst du von Ebene Vier?«

»Sagen wir mal, meine Augen öffnen sich allmählich.«

Am Nachmittag sah Logan Curt, den Leiter seiner Handbuchgruppe, an einem Kopiergerät stehen. Curt aß gerade den ersten von zwei Schokoladenmuffins auf, die er mitgebracht hatte.

»Ich dachte, du machst gerade eine Diät.«

»Ich brauch was, um mich zu trösten.«

»Warum?«

»Hast du noch nicht die neuesten Börsennachrichten gehört?«

»Was ist denn passiert?«

»Der Dow-Index ist um über 2 Prozent gefallen, und dabei ist er vergangene Woche schon um 4 Prozent runter. Im Laufe des letzten Monats hat er die ganzen Gewinne des Jahres wieder verloren. Ich brauch aber bei meinen Fonds 9 Prozent Rendite, um meine finanziellen Ziele zu erreichen. Da hängt alles von ab, auch die Studiengebühren meiner Kinder. Jetzt werd ich nächstes Jahr 17 Prozent brauchen, um die Kurve zu kriegen, und wie das gehen soll, das weiß ich auch nicht.« Curt schlang den zweiten Muffin in einem Satz hinunter.

»Aber es heißt doch, dass der Inhaber euch alles gibt, was ihr braucht.«

»Ja, schon – vielleicht. Aber was fällt denn da drunter? Die billigste Uni vielleicht, aber nicht die, auf die meine Kids gehen. Oder dass er einem hilft, die Anträge auf ein Stipendiendarlehen richtig auszufüllen.«

»Das machen doch die meisten Studenten so, oder?«

»Nicht meine Kinder. Wie sollen die es zu was bringen, wenn sie auf die billigste Uni gehen müssen?«

Curt zog seine Kopien aus dem Ausgabefach und marschierte davon. Logan ging zurück zu seinem Schreibtisch. An Kyles Schreibtisch hielt er an und setzte sich auf einen der Stühle.

»Na, bist du fertig für heute?«, fragte Kyle.

»Ich glaub, ich bin fertig mit der Abteilung.«

»Gibst du's auf?«

»Nein. Ich glaube, ich weiß jetzt, was das Problem ist auf Ebene Vier.«

Kapitel 12

Der Konferenztisch auf Ebene Fünf war wieder voll besetzt. Wenn man hier vorbeikommt, tagen die, dachte Logan. Machen die auch mal was anderes?

»Ich glaube, ich weiß jetzt, wie das auf Ebene Vier läuft«, sagte er, als er sich vor dem Schreibtisch des Direktors niedergelassen hatte.

»Das ist ja interessant. Ebene Vier ist eine ziemlich harte Nuss.«

»Nun ja, ich weiß es teilweise. Übrigens: Der Bildschirmschoner mit Ihrem Bild ist echt cool.«

Der Direktor lachte. »Bildschirmschoner mit meinem Bild? Wo soll das sein?«

»Auf Ebene Vier.«

Der Direktor schüttelte seinen Kopf. »Nun ja, ich habe versucht, sie dazu zu kriegen, mehr an mich zu denken. Vielleicht ist das die Antwort.« Der Direktor legte die Ellbogen auf die Platte seines Schreibtischs. »Und zu was für einem Ergebnis sind Sie bei Ebene Vier gekommen?«

»Also, zuerst dachte ich, das ist das Paradies. Oder fast. Es sah so aus, als ob die Mitarbeiter dort sich genau an Ihre Anweisungen hielten und mit ihrer Arbeit hochzufrieden waren.«

»Und dann?«

»Dann lernte ich die Abteilung und die Leute besser kennen, und – ich weiß nicht, wie, aber irgendwie ist Ebene Vier auch nicht viel anders als Ebene Eins, Zwei und Drei. Gut, auf Ebene Vier kennen sie Sie und den Inhaber und scheinen ehrlich für den Inhaber arbeiten zu wollen, aber …«

»Aber?«

»Irgendwie hab ich den Eindruck, dass sie trotzdem eigentlich ihr eigenes Ding machen, wie auf den anderen Etagen. So, als ob sie teilweise mit den Zielen der Firma übereinstimmen, aber teilweise auch wieder nicht … Ich weiß nicht richtig, wie ich es ausdrücken soll.«

»Ja, es ist ein bisschen verwirrend, nicht wahr? Aber Sie haben den richtigen Riecher. Die Leute auf Ebene Vier machen im Wesentlichen ihre eigene Sache, und nicht die des Inhabers.«

»Aber wie kann das sein? Sie geben sich doch echt Mühe, den Anweisungen des Inhabers zu folgen, oder?«

Der Direktor lehnte sich zurück. »Mühe geben tun sie sich, so viel ist sicher. Die große Frage ist, wessen Ziele sie letztlich erreichen wollen: die des Inhabers oder ihre eigenen.«

»Vielleicht ist ihnen nicht klar, dass das unterschiedliche Ziele sind«, überlegte Logan.

»Ah, ein guter Gedanke! Tatsache ist: Die Leute auf Ebene Vier sind ehrlich der Meinung, dass der Inhaber sehr wichtig ist, und sie wollen ehrlich für seine Ziele arbeiten. Aber sie sehen das als Teil des Arbeitens für ihre eigenen Ziele. Der Inhaber ist sozusagen ein zusätzliches Kuchenstück, das sie in einen schon fertigen Kuchen hineinquetschen wollen – den Kuchen ihrer eigenen Ziele. Und da wird es eng auf dem Kuchenblech. Die Sache artet in Schwerarbeit aus. Für den Inhaber arbeiten, aber gleichzeitig auch für die eigenen Vorstellungen – das ist stressig, das schafft keiner. Man muss sich für das eine oder das andere entscheiden.«

»Das klingt jetzt wahrscheinlich ketzerisch, aber ich habe fast den Eindruck, als ob die Leute auf Ebene Eins glücklicher sind als so mancher von denen auf Ebene Vier.«

»In einem gewissen Sinne sind sie das tatsächlich. Sie stehen nicht in diesem Konflikt, sie versuchen nicht, gleichzeitig für sich selber und für jemand anderen zu arbeiten. Sie sind nur für sich selber da, und das ist leichter – nun ja, eine Zeit lang.«

Logan dachte nach. »Aber Sie würden nicht sagen, dass die Mitarbeiter auf Ebene Vier lauter falsche Fuffziger sind, oder?«

Der Direktor schüttelte den Kopf. »Überhaupt nicht. Jeder von denen ist eine vollkommen ehrliche Haut, aber halt in sich gespalten. Sie wollen für den Inhaber arbeiten, aber meist dreht sich bei ihnen nach wie vor um sie selber – was *sie* wollen, was *ihre* Ziele sind, ob *sie* kriegen, was *sie* wollen.« Logan musste an Angies Tränen über den abgesprungenen Kunden denken und an Curts Finanzsorgen. Der Direktor fuhr fort: »Solange sie selber im Zentrum ihrer Arbeit stehen, machen sie sich etwas vor; sie folgen ihrem Programm und nicht dem des Inhabers.«

»Jetzt bin ich echt neugierig: Erwirtschaftet Ebene Vier Gewinne für die Firma?«

Der Direktor öffnete eine Schublade und reichte Logan einen Ordner. Logan studierte kurz die Gewinn-und-Verlust-Rechnung für die Ebene Vier. »Einen kleinen Gewinn machen sie also, aber es reicht nicht, um die Verluste der Ebenen Eins bis Drei auszugleichen. Bedeutet das also, dass die Firma als Ganzes jedes Jahr rote Zahlen schreibt?«

»Nein, wir haben jedes Jahr Gewinne.«

»Echt? Und wer erwirtschaftet die?«

Der Direktor zeigte auf die Gruppe, die hinten um den Konferenztisch herumsaß. »Die da drüben.«

Kapitel 13

Ein einziger Konferenztisch bringt den Profit von Universal Systems?«

»Ja.«

»Wie kann das sein? Was machen die da, was die Leute auf Ebene Vier nicht machen?«

»Wie wäre es, wenn Sie das selber herausfinden? Sie sind der Organisationsmanager.«

»Ist dies ein letzter Test?«

»Nein. Sie haben Ihre Aufgabe erfüllt. Betrachten Sie dies hier nicht mehr als Pflicht, sondern als Kür. Wenn Sie möchten, dürfen Sie gerne auch die Ebene Fünf analysieren.«

»Natürlich möchte ich! Es scheint doch, als ob die ganze Firma von dieser Ebene abhängt.«

Der Direktor lächelte. »So könnte man es ausdrücken, nicht wahr?« Er erhob sich. Logan stand ebenfalls auf. »Morgen werde ich Ihnen Gelegenheit geben, ein paar Mitarbeitern von Ebene Fünf bei ihrer Arbeit zuzuschauen. Seien Sie um halb Neun hier, wenn die Morgenbesprechung zu Ende ist.«

Am nächsten Morgen um 8.30 Uhr schüttelte Logan Grady Wilson, einem Angestellten der Ebene Fünf, die Hand. Er fuhr mit ihm hinunter in die Ebene Drei, wo er eingesetzt war. Die beiden schlängelten sich durch das Labyrinth der Schreibtische, bis sie zu dem von Lana Mahoney, einer Debugging-Spezialistin, kamen. Sie war nicht an ihrem Platz. Grady bot Logan einen Stuhl an, setzte sich selber und öffnete einen Aktenschrank.

»Das hier wird nicht besonders aufregend sein – zuschauen, wie jemand Akten ablegt.«

»Ist das Ihre Tätigkeit – Verwaltungshilfe?«

»Ich war früher Anlagentechnikmanager auf Ebene Vier.«

»Und jetzt machen Sie Aktenablage?«

»Ich bin gut im Organisieren, und Lana braucht Hilfe mit ihren Akten.«

»Ist das nicht eine etwas eintönige Tätigkeit?«

»Für sich betrachtet, schon. Aber nichts ist wirklich eintönig, wenn ich es für den Direktor mache.«

»Wie meinen Sie das?«

»Wenn ich dies hier für den Direktor tue – und für Lana –, bringe ich mich voll ein und habe Freude dabei. In gewisser Weise ist das erfüllender als das, was ich auf Ebene Vier gemacht habe. Weil ich mithelfe, das ultimative Produkt zu produzieren.«

Nach einer Weile fuhr Logan auf die Ebene Fünf zurück. Der Konferenztisch war leer. Logan marschierte zum Schreibtisch des Direktors.

»Na, wie war's mit Grady?«

»Etwas überraschend.« Er setzte sich in einen der Sessel. »Und wer ist der Nächste auf meiner Liste?«

Sie teilten den Rest des Tages ein. Logan schaute noch ein paar weiteren Ebene-Fünf-Mitarbeitern über die Schulter. Der erste arbeitete als Ausbilder auf Ebene Zwei, der zweite als Beschaffungsmanager auf Ebene Drei, der dritte als Internetseiten-Designer auf Ebene Vier. Sie alle erzählten Logan ungefähr das Gleiche: Sie arbeiteten so lange in ihrer Position, wie sie gebraucht wurden, und bekamen dann ein anderes Tätigkeitsfeld. Alle kehrten sie nach Feierabend zu einer Schlussbesprechung auf Ebene Fünf zurück.

Am ungewöhnlichsten fand Logan die Arbeit von Sara Creighton. Ein Glas Dr. Pepper in der Hand, setzte Logan sich zu ihr in die Cafeteria von Ebene Eins.

»Was machen Sie hier unten?«

»Ich sitze in der Cafeteria.«

»Den ganzen Tag?«

»So ziemlich. Wenn ich eine Pause brauche, mach ich einen Spaziergang.«

»Und was …«

»… mache ich hier in der Cafeteria?«

»Ja.«

»Ich warte darauf, dass Angestellte zu mir kommen, um sich mit mir zu unterhalten.«

»Sie sitzen hier und warten darauf, dass jemand mit Ihnen sprechen möchte? Ist das alles?«

»Ja.«

»Und wer kommt?«

»Jeder, der will. Sie wissen alle, dass ich hier bin.«

Logan wusste nicht, was er denken sollte. »Und über was reden die Leute so, die zu Ihnen kommen?«

»Was sie wollen. Über ihr Leben. Über ihren Stress. Die Arbeit auf Ebene Eins ist ziemlich anstrengend.«

»Anstrengend? Aber die tun doch rein nichts hier unten! Jeder sitzt nur rum und macht, was er will.«

»Stimmt. Und das macht sie fix und fertig. Sich immer nur um sich selber drehen, sich nie für etwas einsetzen, das höher ist als man selber – so was ist denkbar unbefriedigend.«

»Und was sagen Sie den Leuten?«

»Meistens höre ich einfach zu. Ich erinnere sie an ihren Wert und dass sie der Firmenleitung wichtig sind. Manchmal gebe ich ihnen auch Ratschläge, was sie in ihrer Situation machen sollen.«

»Und hilft denen das?«

»Manchmal fürs Erste schon. Es ist eine Notfallmedizin, sozusagen. Ich erkläre ihnen natürlich, dass sie ihr Problem langfristig nicht auf Ebene Eins lösen können.«

»Sie meinen, Sie laden Sie ein, auf Ebene Fünf zu kommen?«

»Ja.«

»Und machen das welche?«

»Nicht sehr viele, aber hin und wieder passiert es schon. Vor kurzem kam eine Frau und ...« Sie schaute über Logans Kopf zu einem jungen Mann hin, der gerade zu ihnen trat.

»Sind Sie Sara?«

»Ja.«

»Entschuldigung, wenn ich störe, ich kann gerne später noch mal ...«

Logan stand auf. »Nein, bleiben Sie, ich gehe gerade. – War schön, Sie kennenzulernen, Sara.«

»Sie auch.«

Er kehrte auf die Ebene Fünf zurück. Der Konferenztisch war noch leer. Der Direktor sah Logan und winkte ihm, zu ihm zu kommen.

»Na, wie war Ihr erster Tag auf Ebene Fünf?«

»Ganz gut. Es war angenehm, mit den Leuten zusammen zu sein. Diese Ebene scheint recht einfach strukturiert zu sein.«

»Das ist sie in der Tat. Und wie sieht diese Struktur aus – was meinen Sie?«

»Es geht darum, Menschen zu helfen.«

Der Direktor lächelte. »Das ist das, was Sie auf der Oberfläche sehen, ja. Aber es ist nicht die tiefste Dynamik von Ebene Fünf. Sie werden noch sehen, dass hier mehr ist, als man beim ersten Mal merkt.« Er zeigte auf eine Tür am Ende eines langen Ganges, wo Logan noch nie gewesen war. »Vielleicht möchten Sie sich mal mit jemandem in dem Raum da hinten unterhalten. Er wird eine Ausnahme von Ihrer Theorie sein – zur Hälfte jedenfalls –, aber nicht eine Ausnahme von Ebene Fünf.«

Logan marschierte zu der Tür. Hinter ihr war eine Bibliothek, mit Bücherregalen, die vom Fußboden bis zu der hohen Decke gingen, mit bequemen Sesseln und Sofas. In einem der Sessel saß ein junger Mann, der ein Buch las.

Er schaute zu Logan hoch. »Hallo.«

»Hallo. Der Direktor schickt mich. Ich soll jemanden hier drin sprechen«

»Da ich der einzige hier bin, bin das wohl ich.« Der junge Mann stand auf und streckte Logan seine Hand hin. »Ryan Davis.«

»Logan Bell.«

Der junge Mann setzte sich zurück in seinen Sessel. Logan ließ sich auf der Kante eines der Sofas nieder.

»Was bringt Sie hierher zu mir?«

»Ich bin gerade zu Gast auf Ebene Fünf und schaue mich um, was Sie hier so machen.«

»Ach, dann sind Sie der Organisationsmanager, den der Direktor eingestellt hat?«

»Richtig.«

»Cool. Nun, ich mache gerade das, was Sie eben gesehen haben.« Er hielt das Buch hoch. »Ich lese. Ich bin die reinste Leseratte.«

»Und was lesen Sie da gerade?«

»Die Brüder Karamasow. Dostojewskij.«

»Sind Sie schon den ganzen Tag hier?«

»Vormittags mache ich Grafikdesign auf Ebene Zwei, und nach der Mittagpause geh ich hier rauf.«

»Weiß der Direktor das?«

Ryan lachte. »Natürlich! Das ist ja die Aufgabe, die er mir gegeben hat. Oder das Angebot, das er mir gemacht hat, wenn Sie so wollen.«

»Der hat Ihnen gesagt, Sie sollen hier reingehen und lesen? Im Ernst?«

»Ja.«

»Und warum?«

»Das hab ich ihn auch gefragt, aber er hat mir keine genaue Antwort gegeben, sondern einfach gesagt, ich soll ihm vertrauen.«

»Und sind Sie den ganzen Nachmittag alleine hier?«

»Nein. Meistens kommt irgendwann der Inhaber rein und bleibt eine Weile.«

»Der Inhaber?« Logan versuchte, seine Überraschung zu verbergen. »Und was macht der hier?«

»Er unterhält sich mit mir.«

»Er unterhält sich mit Ihnen? Über was für Themen?«

»Was wir wollen. Wir reden halt miteinander.«

»Verstehen Sie mich jetzt bitte nicht falsch, aber warum macht der Inhaber das – hier reinkommen und sich mit Ihnen unterhalten?«

»Das weiß ich nicht. Ich schätze mal, es

macht ihm Spaß. Mir übrigens auch. Er ist mein väterlicher Berater geworden, sozusagen.« Ryan schaute auf seine Armbanduhr. »Oh, es ist fast fünf, wir müssen gehen.«

»Gehen?«

»Ja. Gleich ist unsere Abendkonferenz. Ich schätze mal, Sie sind auch eingeladen.«

Sie gingen zu dem Konferenztisch. Die ersten Teilnehmer setzten sich gerade. Der Direktor stellte Logan mehreren Mitarbeitern vor, die er noch nicht gesehen hatte. Einer von ihnen, John, war gerade zu seiner Arbeit erschienen.

»Sie sind gerade erst gekommen?«, fragte Logan ihn.

»Ja. Ich habe die Nachtschicht.«

»Und was machen Sie da so?«

»Zurzeit helfe ich den Hausmeistern beim Putzen.«

»Und was putzen Sie?«

John grinste. »Vor allem Toiletten. Das Richtige für den Neuen.«

Alle saßen, als die letzte Teilnehmerin der Abendkonferenz zu dem Tisch trat. Logan erkannte sie sofort.

»Beth! Was machst du hier? Arbeitest du jetzt auf Ebene Fünf?«

»Hallo, Logan.« Sie lächelte ihn an. »Ja, seit Neuestem.« Sie setzte sich. Logan sah, dass ihr Dekolleté merklich geschlossener war als das letzte Mal.

»Seit wann genau?«

»Ungefähr zwei Wochen.«

»Und wie hast du es hier rauf geschafft?«

Sie zuckte beiläufig die Achseln. »Jeder kann hier oben arbeiten.«

Die Sitzung begann. Logan fand, dass es die komischste Arbeitsbesprechung war, an der er je teilgenommen hatte. Die Teilnehmer schienen überhaupt nicht über die Geschäfte der Firma zu sprechen. Stattdessen erzählte jeder kurz, war er an dem Tag gemacht und mit welchen Mitarbeitern der verschiedenen Ebenen er zu tun gehabt hatte. Darauf sprachen sie darüber, was für Probleme verschiedene Personen in der Firma gerade hatten, sowie darüber, was sie selber brauchten und wie sie einander am nächsten Tag helfen konnten, sowohl persönlich als auch beruflich.

Die Konferenz war beendet, die Teilnehmer zerstreuten sich. Beth und Logan blieben noch sitzen.

»Beth«, fing Logan an. »Ich würde gerne …«

»Warte«, unterbrach sie ihn. »Erst muss ich mich bei dir entschuldigen.«

»Entschuldigen? Wofür?«

»Wie ich mich dir gegenüber auf Ebene Eins benommen hab.«

»Benommen? Meinst du …«

»Ja. Wie ich dich angebaggert hab.«

»Schön, du warst ein bisschen schnell, aber ich war auch nicht ganz uninteressiert.«

»Ich weiß, aber es war trotzdem falsch von mir. Kannst du mir bitte vergeben?«

Logan hatte keine Erfahrung mit solchen Bitten, aber er gab Beth die Antwort, die ihm die richtige erschien. »Klar, kein Problem. Ich meine, cool.«

Er stützte seine Ellbogen auf den Tisch und verschränkte die Finger. »Aber jetzt bin ich echt neugierig. Was machst du hier auf Ebene Fünf? Das hätte ich im Traum nicht erwartet, dass du hierher kommst. – Ich meine das jetzt nicht negativ.«

»Das versteh ich auch nicht so. Sara Creighton hat mir die Stelle hier angeboten. Kennst du sie?«

»Ich hab sie erst heute Morgen auf Ebene Eins kennengelernt. Dann hast du wohl mit ihr gesprochen?«

»Ja. Mehrere Male. Es lief einfach nichts mehr rund – bei meiner Arbeit, in meinem persönlichen Leben, überall. Sara kann echt zuhören.«

»Und was hat sie dir gesagt?«

»Dass es eine Abteilung gibt, wo ich von dem ganzen Schlamassel frei wäre.«

»Also, ich hatte den Eindruck, du hast dich da unten ganz wohl gefühlt.«

»Kann schon sein. So leben wie auf Ebene Eins, das macht eine Weile Spaß. Aber nur eine Weile, dann holt einen die Wirklichkeit ein. Die Ebene Eins macht niemanden glücklich, sie bringt nichts Sinnvolles, sie hilft niemandem, und man kann nicht in den Spiegel gucken und Achtung vor sich selber haben. Ansonsten ist es dort ganz nett.«

»Aber hier oben ... Willst du dich wirklich bis zu deiner Pensionierung hier rumkommandieren lassen?«

Beth lachte laut.

»Was?«, fragte Logan. »Was ist da so lustig?«

»Was du gerade gesagt hast. Hier oben wird niemand zu irgendwas gezwungen. Wir sind völlig frei.«

»Aber ihr macht doch hier alle das, was der Inhaber euch aufträgt.«

»Schon, aber das machen wir freiwillig. Das ist ja die größte Freiheit – dass man das tut, wozu man da ist. Das machen nicht viele.«

»Aber du könntest dich auch weigern?«

»Natürlich. Wie gesagt, hier oben ist man frei. Wir benutzen diese Freiheit, um sozusagen ein Bild des Inhabers zu werden. Die Leute schauen uns an und sagen: ›So ist der Inhaber also.‹ Genau dazu hat er uns ja eingestellt.«

»Du meinst, hier in der Abteilung Fünf?«

»Nein, überall in der Firma. Es ist halt so, dass nur sehr wenige das tatsächlich machen. Die meisten arbeiten lieber für sich selber, für ihre eigenen Ziele.«

»Ich weiß. Aber du sagst also, dass das bei dir nicht mehr so ist?«

»Richtig. Ich arbeite jetzt für den Inhaber. Ich versuche, seine Ziele zu erreichen, und nicht mehr meine.«

Logan dachte nach. »Ich … weiß nicht, ob ich das auch könnte.«

»Dann wirst du nie erleben, was wirkliche Arbeit ist.«

»Wirkliche Arbeit?«

»Ja. Arbeit, die einem Sinn bringt. Erfüllung.«

Logan schüttelte seinen Kopf. »Ich weiß nicht. Das ist … so radikal. Seine Freiheit aufgeben, wie du das gemacht hast, wer will denn das?«

Beth legte lächelnd ihre Hände auf die Tischplatte. »Logan, du verstehst das nicht. Ich habe keine Freiheit aufgegeben, ich bin frei geworden – so frei wie nie zuvor in meinem Leben. Sich immer nur um sich selber drehen – sich selber bereichern, sich selber durchsetzen, sich selber schützen, sich um sich selber sorgen, sich fragen, was die anderen gerade über einen denken – was soll denn daran Freiheit sein?«

Kapitel 14

Am nächsten Morgen rief Logan Kyle an. »Du wirst es nicht glauben, wer die neueste Kollegin auf Ebene Fünf ist.«

»Wer?«

»Beth.«

»Beth? Unsere Beth von hier unten?«

»Genau die.«

»Ich hatte mich schon gefragt, wo die hin ist. Wie viele Annäherungsversuche von ihr hast du schon abwimmeln müssen?«

»Keinen. Ich glaube, sie macht so was nicht mehr. Die Frau ist total anders geworden.«

»Du meinst, sie hat sich gebessert?«

»Das weiß ich noch nicht genau. Um ehrlich zu sein, ich bin in dieser Abteilung noch keinen Schritt weitergekommen. Ebene Fünf ist mir ein einziges Rätsel.«

»Dann rufst du nicht an, weil du mich für die da oben anwerben möchtest?«

Logan lachte. »Das mach ich, wenn ich den Laden hier verstanden hab. Sobald ich was empfehlen kann, wirst du der Erste sein, dem ich es sage.«

»Hast du eigentlich deinem Vater schon gesagt, dass du jetzt auf Fünf bist?«

»Ja. Er war nicht begeistert.«

»Warum nicht?«

»Ich glaub, er ist enttäuscht, dass ich immer noch den Etagenspringer mache, wie er das nennt. Er kennt die Leiterin von Ebene Drei und findet, ich sollte für sie arbeiten.«

»Und hast du das vor?«

»Wer weiß? Ich weiß nicht, was der Direktor mit mir vorhat, wenn ich hier oben fertig bin.«

Am Nachmittag dieses Tages, kurz vor 17.00 Uhr, traf Logan in der Küche der Ebene Fünf John, den Nachtschicht-Hausmeister. Logan wartete, bis John sein Essen in den Kühlschrank gepackt hatte, dann sagte er: »Dürfte ich Sie was fragen?«

»Gerne, kein Problem.«

»Was haben Sie eigentlich gemacht, bevor Sie angefangen haben, Toiletten zu reinigen?«

»Mein Hauptjob bei Universal Systems war Risikomanager.«

Logan öffnete die Tür der Küche, um John auf dem Weg zum Konferenztisch vorzulassen. »Das ist ja ein ziemlicher Wechsel.«

John kicherte. »Eigentlich nicht. Ich muss jedes Mal, wenn ich meine Hand in eine Toilettenschüssel stecke, das Risiko neu abschätzen.«

Sie lachten beide.

»Darf ich Sie noch was fragen – was Persönliches?«

»Bitte.«

»Bekommen Sie auf Ihrer neuen Stelle das gleiche Gehalt wie auf der alten?«

»Nein. Ich kriege das, was die anderen Hausmeister auch kriegen.«

Logan starrte ihn an. »Aber dann ... kriegen Sie ja nur noch einen Bruchteil von Ihrem vorigen Gehalt.«

»Ja, sicher.«

»Aber warum? Warum akzeptieren Sie so einen ungeheuren Gehaltsabstrich?«

»Das hat unser Direktor doch auch gemacht. Er hat ein riesiges Opfer gebracht – er hat sich selber für uns geopfert. Und jetzt gibt er uns die Möglichkeit, dasselbe zu tun. Dazu sind wir ja hier. Wir sollen als Angestellte mit unserem ganzen Leben Spiegel des Direktors sein.«

»Aber das macht doch keinen Sinn.«

»Das macht sogar perfekt Sinn. Wie kann ich zu dem Hausmeisterteam gehören und gleichzeitig fünf oder sechs Mal so viel verdienen wie die anderen Hausmeister? Wenn ich denen dienen will, muss ich so werden wie sie.«

»Aber das ist doch ungerecht!«

John lächelte. »Das stimmt. Es ist nicht gerecht, dass ich für den Inhaber ein paar Handlangerdienste erledige und dafür alles bekomme. Ich würde mal sagen, ich habe es ganz gut getroffen.«

*

Eine ganze zweite Woche lang beobachte Logan die Ebene Fünf. Er nahm an allen Sitzungen an dem Konferenztisch teil. Er bekam den Eindruck, dass die Teilnehmer sehr aufeinander bauten. Mehr als einmal hörte er den Satz: »Alleine könnten wir das nie schaffen.«

Nach einer Weile dämmerte es ihm, wie nötig dieses gegenseitige Sichhelfen war. Die Arbeit der Angestellten der Ebene Fünf war nicht immer einfach. Ob sie Seelenfeuerwehr spielen mussten, wie Sara auf Ebene Eins, oder auf der Ebene Vier wieder einmal gewissen Missverständnissen ausgesetzt waren – die »Fünfer« hatten ihr Päckchen zu tragen. »Die denken in der Abteilung Vier, dass wir uns für was Besseres halten und es nicht nötig haben, solche Dinge wie die Handbuchstunden mitzumachen«, erklärte eine Mitarbeiterin. »Wir versuchen halt, uns ihnen so weit anzupassen, wie es geht.«

Oft hatten die Mitarbeiter – einzeln oder in kleinen Gruppen – Gespräche mit dem Direktor. Oft (aber nicht immer) war der Direktor auch bei den Besprechungen an dem Konferenztisch dabei. »Er scheint einen siebten Sinn dafür zu haben, wann wir seine Hilfe brauchen und wann wir unsere Probleme selber lösen oder uns einfach gegenseitig Mut machen müssen«, erklärte Sara Logan.

Ein weiterer häufiger Gast bei den Besprechungen – Logan hatte ihn bisher noch nicht getroffen – war der Rechtsbeistand der Firma, oder »Der Ratgeber«, wie man ihn auch freundschaftlich nannte. Logan erinnerte sich, wie ihm auf Ebene Vier jemand gesagt hatte, dass der Rechtsbeistand ein Verwandter des Inhabers war. Es schien, dass er maßgeblich bei der Gründung der Firma mitgewirkt hatte. Er funktionierte als eine Art Krisenmanager für alle Abteilungen, aber besonders viel Zeit widmete er der Ebene Fünf.

Allmählich erkannte Logan, dass das, was für die Mitarbeiter der Ebene Fünf typisch war, nicht Loyalität und Einsatzfreudigkeit waren (da hatten viele Ebene-Vier-Leute genauso viel zu bieten), sondern die Brille, durch die sie ihre Arbeit sahen. Wie sie selber es ausdrückten: Sie hatten sich die Perspektive des Direktors zu eigen gemacht. »Wir sehen die Firma und unsere Rolle in ihr so, wie er und der Inhaber sie sehen. Wir bauen nicht ihn in unsere Pläne ein, sondern uns in die seinen.«

Eines Morgens traf Logan am Aufzug Grady, der gerade nach unten fuhr, um die nächsten Akten zu sichten. »Wird dir das eigentlich nie zu viel, all die Arbeit für den Inhaber?«, fragte Logan.

»Nun«, erwiderte Grady, »wenn das so wäre, wie du das gerade formulierst – wenn wir also für jemanden schuften würden –, das würde keiner auf Dauer aushalten. Aber genau das machen wir ja nicht, sondern wir lassen den Inhaber durch uns seine Firma führen. Er gibt uns bei jedem Schritt genau die Kraft, die wir brauchen.«

Logan nickte. »Verstehe. Wenn ich im Studium etwas gelernt habe, dann wie wichtig es ist, die Angestellten in den Stand zu setzen, selbständig zu handeln und Verantwortung zu übernehmen.«

Grady schüttelte lächelnd den Kopf.

»Was ist?«

»Bei uns ist das mit der Stärkung der Mitarbeiterverantwortung gerade umgekehrt. Der Inhaber und der Direktor stärken nicht unsere Unabhängigkeit, sondern unsere Abhängigkeit.«

»Abhängigkeit? Von was?«

»Na, von den beiden.«

»Jetzt versteh ich nur noch Bahnhof.«

»Ich weiß nicht, ob ich dir das erklären kann; eigentlich muss man das selber erleben. Der Inhaber und der Direktor führen die Firma so, wie sie wollen, und irgendwie machen sie uns fähig, ihnen dabei Schritt um Schritt zu folgen. Ich habe das in keiner anderen Abteilung so erlebt, und meine Kollegen auch nicht.«

»Und wie läuft das dann auf den anderen vier Ebenen?«

»Ich würde mal sagen, die versuchen, alles aus eigener Kraft zu machen. Wir auf Ebene Fünf nicht; unsere Kraft kommt ganz vom Direktor und vom Inhaber.«

Logan stellte mehreren anderen Kollegen die gleiche Frage, bekam aber von niemandem eine klarere Antwort. »Der Inhaber und der Direktor sind der Motor dieser Abteilung«, war der Refrain, der ständig wiederkehrte.

Nach zehn Tagen auf Ebene Fünf wusste Logan immer noch nicht, wie solch eine kleine Gruppe von Mitarbeitern den Großteil des Gewinns des Unternehmens erwirtschaften konnte. Aber er war entschlossen, nicht aufzugeben. Als Frucht seiner Gespräche und Beobachtungen auf Ebene Fünf hatte er nach und nach eine Liste von Fragen zusammengestellt. Er marschierte mit ihr zum Schreibtisch des Direktors.

»Schießen Sie los«, sagte der Direktor. »Fragen Sie.«

Logan schielte auf die Liste auf seinem Mini-Notebook. »Also gut. Stimmt es, dass jeder in der Firma hier auf Ebene Fünf arbeiten kann?«

»Ja.«

»Und wozu muss er sich alles verpflichten?«

»Verpflichten muss er sich zu gar nichts. Aber er muss die Firma aus der Perspektive des Inhabers sehen.«

»Und aus Ihrer sicher?«

»Und aus meiner, jawohl.«

Logan rutschte sich auf seinem Sessel zurecht und schaute wieder auf seine Notizen. »Die Leute hier oben reden alle so, als ob sie den Inhaber gut kennen.«

»Das tun sie auch.«

»Aber auf der Ebene Vier reden sie genauso.«

»Das stimmt.« Der Direktor unterbrach sich. »Dort kennen sie ihn auch. Allerdings nicht so gut wie wir hier oben.«

»Warum? Weil er hier auf Ebene Fünf ist?«

»Die Angestellten auf Ebene Fünf haben direkten Zugang zu ihm. Aber das haben die Leute auf Vier auch, wenn sie wollen. Das ist also nicht der Hauptunterschied.«

»Was ist es dann?«

»Der Unterschied ist, dass die Leute von Ebene Fünf sozusagen auf derselben Wellenlänge sind wie der Inhaber. Seine Ziele sind auch ihre Ziele. Sie kennen ihn so gut, weil sie am gleichen Strang ziehen wie er, und nicht jeder in eine andere Richtung. Haben Sie das noch nie erlebt in Ihrem Leben?«

Logan dachte einen Augenblick nach. »Doch, ich glaube, schon, und zwar in der Redaktion unserer Schulzeitung. Diese Arbeit hat uns richtig zusammengeschweißt, wir haben einander echt gut kennengelernt. Meinen Sie das so?«

Der Direktor lehnte sich zurück und verschränkte die Finger in seinem Nacken. »In gewissem Sinne schon. Aber was ich meine, ist nicht, dass man an demselben Produkt arbeitet, sondern dass man dieselbe Perspektive, dieselbe Denke hat. Auf Ebene Fünf sehen die Leute die Welt durch die Brille des Inhabers; darum kennen sie ihn so gut.«

»Aber die in Vier versuchen doch auch, das zu tun, was der Inhaber will, mit all ihren Handbuchstudien und so.«

»Diese Dinge sind nicht schlecht, aber sie helfen ihnen nicht, den Inhaber wirklich kennenzulernen ...«

»Warum nicht?«

»Weil ihr Denken meistens quer zu seinem Denken liegt. Solange sie im Grunde für sich selber arbeiten und das tun, was sie tun wollen, solange sie zwar für den Inhaber arbeiten, aber nur zu ihren eigenen Bedingungen – mit anderen Worten: solange sie selber der Mittelpunkt sind –, können sie ihn nicht wirklich kennenlernen. Wenn ich jemanden wirklich gut kennen will, muss ich mich mit ihm identifizieren und mir seine Brille aufsetzen.«

Das war schon das zweite Mal, dass der Direktor dies sagte. Es hatte Logan beim ersten Mal überrascht, und es überraschte ihn auch jetzt wieder. Er tippte etwas in sein Notebook und schwieg ein paar Sekunden. »Okay, und jetzt hätte ich eine sehr persönliche Frage. Was würden Sie sagen: Was ist Ihre Aufgabe in der Firma?«

»Meine Aufgabe ist, Universal Systems voll und ganz zu dem zu machen, was der Inhaber haben will. Ich möchte, dass die Firma ihm Ehre macht. Mein Ziel besteht darin, dass er seine Ziele erreicht, und dafür setze ich mich voll ein.«

»Sie scheinen echt gerne für ihn zu arbeiten.«

Der Direktor lächelte. »So kann man es ausdrücken, ja. Alles, was ich in dieser Firma tue, tue ich für ihn. Der Tag wird kommen, wo sie mit Volldampf läuft. Dann wird jede Ebene so sein wie Ebene Fünf. Ich kann mir nichts vorstellen, was den Inhaber glücklicher machen könnte.«

Logan scrollte ein letztes Mal durch seine Notizen. »Das war's, glaube ich.«

»Sie haben sehr gute Fragen gestellt.« Der Direktor begann aufzustehen.

»Halt, warten Sie, eine hab ich noch. Es ist vielleicht nicht die wichtigste, und vielleicht ist sie etwas indiskret, aber …«

»Bei mir dürfen Sie alles fragen, dazu sind Sie ja hier.«

»Hier auf Ebene Fünf ist ein Mitarbeiter namens Ryan, der seine Nachmittage damit verbringt, in der Bibliothek zu lesen. Warum macht der das?«

Der Direktor lächelte verschmitzt. »Ja, das ist ein bisschen ungewöhnlich, nicht wahr? Nun, das hat der Inhaber angeordnet. Er weiß, dass Ryan eine Leseratte ist, und so hat er ihm diese Aufgabe gegeben. Es macht ihn glücklich.«

»Sie meinen, es macht Ryan glücklich?«

»Das auch, aber vor allem den Inhaber.«

Sie standen beide auf. Der Direktor räusperte sich. »Und wie weit sind Sie mit Ihrer Analyse? Haben Sie schon ein Ergebnis?«

»Noch nicht so ganz. Ich habe den Eindruck, dass ich eine Menge über Ebene Fünf am Lernen bin, aber wie die Abteilung im Innersten tickt, was ihr Geheimnis ist sozusagen – das will noch nicht so ganz in meine grauen Zellen hinein.«

»Nun, das hier ist kein Autorennen. Nehmen Sie sich ruhig Zeit.«

Sie gingen ein paar Schritte, und Logan ließ seinen Blick über die riesige Etage schweifen. Plötzlich sah er etwas, was ihm bisher noch nie aufgefallen war. »Sagen Sie mal, das da hinten – was ist das?«

»Was meinen Sie?«

»Da hinten.« Er zeigte in die Richtung. »Es sieht wie ein Büro aus, ich meine, kein Großraumbüro wie der Rest, sondern ein Einzelbüro. Ich wusste gar nicht, dass es hier so was gibt.«

»Doch, eines schon. Das ist das Büro des Inhabers.«

»Das Büro des Inhabers? Ist der da drinnen?«

»Überrascht Sie das?«

»Ich hab halt gedacht … dass er nicht in diesem Gebäude ist, oder so.«

»Er ist schon hier. Möchten Sie ihn sprechen?«

»Ihn sprechen? Ginge das?«

»Natürlich. Er wird sich gerne mit Ihnen unterhalten. Gehen Sie einfach hinein.«

»Jetzt, einfach so? Muss ich da nicht vorher einen Termin ausmachen?«

»Machen Sie etwa mit mir Termine aus?«

»Nein, aber …«

»Aber der Inhaber ist wichtiger?« Der Direktor lachte.

»So hab ich das jetzt nicht …«

»Ist schon gut. Ich glaube, jetzt passt es bestimmt gut. Er wird sich freuen, Sie zu treffen.«

»Wollen Sie nicht mitkommen und mich vorstellen?«

»Das können Sie gut selber. Er hat ja schon von Ihnen gehört.«

»Echt?« Logan schaute wieder zu dem einsamen Büro hin. »Schön, wenn Sie meinen.«

Und er marschierte los, nicht ganz sicher, was ihn erwarten würde bei dem geheimnisvollen Inhaber.

Kapitel 15

Die Tür zum Büro des Inhabers stand offen. Logan blieb im Eingang stehen, als er sah, dass der Inhaber gerade ein Telefongespräch führte. Der Inhaber sah ihn und bedeutete ihm mit einer Geste, Platz zu nehmen, während er sein Gespräch beendete.

Das Büro war geräumig, die Einrichtung eher klassisch. Logan ließ seinen Blick über den großen, aufgeräumten Schreibtisch mit der Granitplatte gleiten, den im gleichen Stil gehaltenen Aktenschrank dahinter, die beiden großen Bücherschränke und die beiden braunen Sessel für Besucher. An den Wänden hingen Ölgemälde und Aquarelle, die Landschaften zeigten.

Der Inhaber selber war groß gewachsen, schlank und gepflegt; in jüngeren Jahren mochte er eine Sportlerfigur gehabt haben. Er trug einen grauen Anzug, eine gelb gemusterte Krawatte und eine Brille mit kupferfarbenem Metallgestell.

Logan bekam zwangsläufig mit, was der Inhaber in den Hörer sprach: »Er erbt natürlich alles … Ja … Richtig. Ich will, dass alle anderen ebenfalls erben. … Nein, nichts aufteilen. Ich will, dass alle das ganze Erbe bekommen.«

Eine lange Pause, während der Inhaber in den Hörer lauschte, dann sprach er wieder. »Bill, ich weiß, dass diese Klauseln ungewöhnlich sind, aber ich bin sicher, du kannst das arrangieren, du bist ja einer von den Kreativen. Geh mal ran an die Sache und ruf mich wieder an, wenn du noch Hilfe von mir brauchst … Okay … Danke.«

Er legte auf und drehte sich zu Logan hin. »Entschuldigen Sie, dass Sie warten mussten. Das war gerade mein Anwalt; wir diskutieren immer mal wieder über mein Testament.« Er erhob sich und streckte seine Hand aus. »Man nennt mich den Inhaber.«

»Ich bin Logan Bell. Ich arbeite …«

»Für den Direktor, ich weiß. Sie sind der Organisationsmanager.«

»Ja, Sir.«

»Haben Sie Ihre Diagnose der ersten vier Ebenen schon beendet?«

Logan war überrascht, dass der Inhaber so gut über seine Arbeit informiert war. »Ja. Zurzeit bin ich dabei, die Ebene Fünf zu analysieren.«

»Da werden Sie nicht sehr viele Probleme finden.«

»Ich weiß. Aber was ich mich gerade frage, ist, warum diese Abteilung unsere ganzen – oder fast unsere ganzen – Gewinne erwirtschaftet.«

»Ah. Das ist eine sehr gute Frage. Haben Sie schon eine Antwort gefunden?«

»Nein.«

»Das überrascht mich nicht. Die Sache geht ja auch gegen alle Regeln der Vernunft, wenn man es mal so ausdrücken will. Kann ich Ihnen etwas zu trinken anbieten?«

»Ja, einen … – ein Wasser vielleicht.«

Der Inhaber trat an einen kleinen Kühlschrank, der in einer Ecke des Raumes stand, und holte eine Flasche heraus. »Es ist schön, dass Sie zu unserem Team gehören, Logan. Wie lange sind Sie jetzt schon bei uns?« Er kam zurück und reichte Logan das Wasser.

»Ungefähr vier Monate.«

Der Inhaber setzte sich wieder. »Da haben Sie ja genügend Zeit gehabt, überall reinzuriechen. Was denken Sie so von unserer schönen Firma?«

Logan holte tief Luft. »Also … sie ist nicht so wie andere Firmen. – Ich schätze, Sie wollen meine ehrliche Meinung, nicht wahr?«

»Selbstverständlich. Ehrlich währt immer noch am längsten.«

»Auf den Ebenen Eins bis Vier gibt es einige echt nette Leute …«

»Das stimmt.«

»Aber sie arbeiten alle eigentlich nur für sich selber, und nicht für Sie.«

»Das ist zurzeit so, ja.«

»Warum haben Sie sie nicht längst gekündigt?«

Der Inhaber lächelte. »Diese Ebenen sind eigentlich Lernabteilungen. Wenn es darum geht, ein produktiver Mitarbeiter zu werden, müssen die meisten Leute erst einmal am eigenen Leib erfahren, wie es nicht geht, bevor sie offen dafür werden können, wie es geht. Die Ebenen Eins bis Vier demonstrieren, wie es nicht geht.«

»Aber fast alle Mitarbeiter sind doch in diesen Abteilungen.«

»Zurzeit schon. Aber haben Sie schon all die leeren Schreibtische auf Ebene Fünf bemerkt?«

»Doch, die sind nicht zu übersehen.«

»Es wird der Tag kommen, an dem alle Schreibtische hier oben besetzt sind und es in der ganzen Etage kein freies Fleckchen mehr gibt.«

»Ich dachte, das war auf Ebene Vier schon so.«

Der Inhaber schüttelte den Kopf. »Kaum. Stellen Sie sich doch einmal vor, was für ein Elend das gäbe, wenn der Weisheit letzter Schluss die Ebene Vier wäre – lauter Mitarbeiter, die sich nur um sich selber drehen!«

»Und wann wird es hier oben, auf Fünf, voll werden?«

»Wenn die Mitarbeiter für die Ziele der Firmenleitung arbeiten, und nicht mehr für ihre eigenen.«

»Und was werden sie dann machen hier oben?«

»Das, was die Leute auf Ebene Fünf jetzt schon tun – die Kanäle sein, über die ich alles für das Hauptprodukt dieser Firma tun kann.«

Logan nahm einen Schluck von dem Wasser. »Um ganz ehrlich zu sein: Ich sehe nicht, wie die paar Angestellten von Ebene Fünf überhaupt einen Profit erarbeiten können. Ich meine, sie arbeiten ja noch nicht einmal hier oben, sondern gehen runter in die unteren Abteilungen, um dort auszuhelfen. Was für ein Produkt macht die Ebene Fünf überhaupt?«

Der Inhaber grinste. »Gut beobachtet. Ebene Fünf hat keine sichtbaren Produkte. Aber dafür ein unsichtbares.«

Logan starrte ihn an. »Wie meinen Sie das?«

»Das eigentliche Erzeugnis unserer Firma heißt Hingabe – Liebe, die sich nicht um sich selber dreht, sondern dem anderen gilt. Mein Sohn und ich haben angefangen mit diesem Produkt, wir beide ganz allein. Heute gibt es hier auf Ebene Fünf etliche Leute, die ebenfalls Hingabe produzieren. In gewissem Sinne sind sie unser verlängerter Arm. Und eines Tages wird das ganze Stockwerk voll sein von Menschen, die dieses Produkt herstellen.«

Logan konnte es nicht fassen. »Liebe? Unser Produkt ist Liebe?«

»Jawohl. Und zwar eine Liebe, die es nirgendwo anders gibt. Menschen in aller Welt beziehen sie von uns.«

»Aber … aber … wie können Sie damit Gewinn machen?«

Der Inhaber beugte sich nach vorne, die Ellbogen auf dem Schreibtisch.

»Die eigentliche Frage, Logan, ist diese: Wie kann man Gewinn machen ohne Liebe? In dieser Firma ist es so: Wenn man sich egoistisch an seine Wünsche klammert, macht man Verlust. Aber wenn man sich öffnet und sein Leben ganz in den Dienst der Firma stellt – also in den

Dienst von mir und meinem Sohn –, dann produziert man einen Gewinn, der riesig ist, und selber, in seinem eigenen Leben, gewinnt man alles.«

Logan dachte einen Augenblick nach über das, was er gerade gehört hatte. Dann schaute er auf sein Notebook. »Sie haben mehrere Male Ihren Sohn erwähnt.«

»Ja. Meine größte Freude ist, dass ich diese Firma an ihn weitergeben kann. Ich habe sie für ihn gegründet und ich möchte, dass sie sein Wesen perfekt widerspiegelt. Er ist das beste Beispiel für eine sich selbst hingebende Liebe, das ich kenne.«

»Gehört er zu der Firma? Ich kann mich nicht erinnern, dass jemand ihn mir vorgestellt hätte.«

»Sie haben schon oft mit ihm gesprochen.«

»Tatsächlich? Wer ist er?«

»Der Direktor. Der Direktor ist mein Sohn.«

Logan konnte es nicht fassen, dass er das die ganze Zeit über nicht gemerkt hatte. Natürlich – wer anders sollte der Direktor sein? »Als Sie also vorhin mit Ihrem Anwalt dieses Gespräch …« Er unterbrach sich. »Entschuldigung, das war nicht recht, dass ich da mitgehört hab.«

»Lassen Sie nur, das ist in Ordnung. Ich hatte

Ihnen ja gesagt, dass Sie eintreten sollten. Mein Testament ist kein Geheimnis hier oben.«

Logan holte erleichtert Luft. »Okay. Als Sie also vorhin von jemand gesprochen haben, der die ganze Firma erben soll, da meinten Sie den Direktor?«

»So ist es. Universal Systems ist sehr groß, aber es ist ein Familienunternehmen. Bei dieser Firma geht es ja nicht um Sie oder um irgendeinen der anderen Angestellten.«

Das ist wohl in den meisten Firmen so, dachte Logan, aber es überraschte ihn doch, dass der Inhaber es so direkt zugab. »Und um was geht es dann?«

»Nicht um was. Um wen. Es geht um meinen Sohn. Diese Firma ist für ihn da. Sobald Sie sich darüber klar geworden sind, können Sie anfangen, sinnvoll im Team mitzuarbeiten. Das sind dann die Leute der Ebene Fünf.«

»Und bevor man in die Ebene Fünf einsteigt?«

»Vorher – tja, vorher sitzt man sozusagen im Wartezimmer.«

»Aber – entschuldigen Sie wieder, dass ich da mitgehört habe – erwähnten Sie vorhin nicht auch etwas davon, dass die anderen Angestellten das ganze Erbe bekommen sollen?«

Der Inhaber strahlte. »Jawohl. Die Firma ist für meinen Sohn da, aber er möchte, dass alle Mitarbeiter Teilhaber werden. Sie alle werden zusammen mit ihm das ganze Erbe bekommen.«

»Nur die Leute auf Ebene Fünf?«

»Sicher. Aber vergessen Sie nicht, dass eines Tages alle aus Ebene Vier hier oben sein werden, und auch viele aus den unteren drei Ebenen.«

»Aber wie ist das möglich, dass sie alle das gleiche Erbe bekommen?«

Der Inhaber lachte. »Das soll mein Anwalt austüfteln.«

Logan schwieg einen Augenblick, dann nahm er wieder einen Schluck von dem Wasser. »Gut.«

»Ja?«

»Ich glaube, ich habe die Antwort auf meine Frage über Ebene Fünf bekommen.«

»Das sehe ich auch so. Jetzt gibt es nur noch eine Frage, die Sie beantworten müssen, nicht wahr?«

*

Logan ging zurück zum Schreibtisch des Direktors. Der Direktor war da. Hatte er auf ihn gewartet? Logan wusste es nicht.

»Wie war Ihr Gespräch mit dem Inhaber?«

»Recht aufschlussreich.«

»Haben Sie Ihre Analyse von Ebene Fünf beendet?«

»Ja.«

»Und ist das Ergebnis das, was Sie erwartet hatten?«

»Nein, nicht so ganz. Es geht gegen alle Regeln der Vernunft, wie der Inha…, ich meine, Ihr Vater sagte.«

Der Direktor lächelte. »Ja, das sagt er immer.« Er langte in eine Schublade seines Schreibtisches und holte eine Aktenmappe hervor. »Dies ist Ihre Personalakte. Wenn ich mich recht erinnere, habe ich in unserem ersten Gespräch gesagt, dass Sie eine bestimmte Option bekommen, wenn Sie Ihren Auftrag erfolgreich erledigt haben.«

»Ja, ich erinnere mich.«

»Nun, Sie haben Ihren Auftrag sehr gut erledigt.«

»Danke. Darf ich Sie etwas fragen? Warum haben Sie sich von mir Probleme berichten lassen, von denen Sie schon längst wussten?«

»Es ist immer hilfreich, sich von jemandem berichten zu lassen, der frisch von außen kommt.«

»Aber was ich Ihnen berichtet habe, war doch alles nichts Neues für Sie.«

»Das kann sein. Aber es war neu für Sie. Jetzt haben Sie die Probleme aus eigener Anschauung kennengelernt und sind damit fähig, eine fundierte Entscheidung zu treffen, in welcher Abteilung Sie künftig arbeiten wollen.«

»Jawohl, Sir.« Logan zögerte. »Ich … schätze, die eigentliche Entscheidung ist wohl, ob ich für mich selber arbeiten möchte oder für Sie.«

»Nun …« Der Direktor öffnete die Mappe und zog einen Umschlag heraus. »Eigentlich nicht.«

»Nicht? Ich dachte, darum geht es auf der Ebene Fünf.«

»Das ist richtig. Aber diese Entscheidung können Sie jetzt noch nicht treffen.«

»Warum nicht?«

»Weil im Augenblick für Sie nicht die Frage dran ist, ob Sie Ihr Leben der Arbeit für mich weihen wollen. Das ist ja der Fehler, den die Mitarbeiter auf Ebene Vier machen: Sie bilden sich ein, dass sie halt ihre Hingabe erneuern und sich noch mehr Mühe geben müssen. Aber das führt zu gar nichts. Logan, Sie können gar nicht so arbeiten, wie ich das tue. Oder noch nicht.«

»Und was ist dann also dran für mich?«

»Auf der Ebene Fünf geht es um die richtige

Perspektive. Das ist alles, was Sie sich vornehmen können – dass Sie lernen, mit meinen Augen zu sehen. Und sobald Sie so sehen wie ich, werden Sie auch so handeln wie ich. Und damit für das wahre Produkt unserer Firma sorgen.«

Er reichte Logan den Umschlag. »Nehmen Sie das mit nach Hause und schauen Sie es sich an. Es sind Stellenangebote. Ich kann Ihnen eine feste Anstellung auf den Ebenen Eins bis Vier bieten – eine gute Position, mit guter Bezahlung und Beförderungsmöglichkeiten. Oder aber Sie können hier oben bei mir als Lehrling anfangen.«

»Und wie lange wäre ich Lehrling?«

»Für immer.«

»Für immer? Sie meinen, ich werde nie befördert?«

»Logan, auf Ebene Fünf ist jeder Lehrling. Hier gibt es wirklich lebenslanges Lernen, für jeden. Alle lernen einfach von mir.«

Logan schaute nach unten, seine Stirn in nachdenklichen Falten. Der Direktor wartete schweigend. Logan sah ihn wieder an. »Ein Teil von mir möchte das echt – Lehrling hier bei Ihnen werden. In Ihrer Nähe sein und von Ihnen lernen. Es ist nur so …«

»Ja?«

»Ich bin mir nicht ganz sicher, wie das klingen wird: ›Ich bin ein lebenslanger Lehrling.‹«

»Klingen für wen?«

»Zum Beispiel für jemanden wie meinen Vater.«

»Ich verstehe. Wie hat Ihr Vater bisher auf Ihre Anstellung hier reagiert?«

»Eigentlich nicht schlecht. Aber er findet, ich sollte mich um ›Was Richtiges‹ bemühen, wie er das nennt. Um eine Anstellung auf einer der ersten vier Ebenen.«

»Ich sehe. Nun, ich schätze, Ihre Definition von ›Was Richtiges‹ hängt davon ab, wie Sie den Sinn dieser Firma hier einschätzen.« Der Direktor beugte sich nach vorne. »Logan, Sie haben ganz recht. Es kann gut sein, dass Ihr Vater nicht davon erbaut sein wird, wenn Sie Lehrling bei mir werden.« Er lächelte herzlich. »Aber meiner wird sich freuen.

Vom selben Autor

Die Einladung

Dinner with a
Perfect Stranger

144 Seiten
gebunden
3. Auflage

ISBN 978-3-7655-1929-1

Der geheimnisvolle Umschlag landet auf dem Schreibtisch von Nick Cominsky. Eine Einladung zum Dinner. Doch wer ist der Absender? Als er am bewussten Abend das noble Restaurant betritt, wird er bereits erwartet. Ein vielleicht dreißigjähriger Mann im Anzug erhebt sich: „Nick Cominsky? Hallo, ich bin Jesus."

Damit beginnt für den abgeklärten Nick ein Erlebnis, das er sich in seinen kühnsten Träumen nicht hätte ausmalen können ...

Die Reise

A Day with a Perfect Stranger

128 Seiten
gebunden

ISBN 978-3-7655-1954-5

Endlich unterwegs und weg von zu Hause! Auf dem Flug zu einem geschäftlichen Auftrag begegnet die Grafikerin Mattie Cominsky einem faszinierenden Fremden. Er ist feinfühlig, aufmerksam ... und schon bald sind die beiden in intensive Gespräche vertieft: über Religion, Beziehungen und über die große Sehnsucht im Leben. Mattie ist angezogen, aber zugleich auch verwirrt: Wer ist dieser Mann, der ihr direkt ins Herz zu schauen scheint?

BRUNNEN VERLAG GIESSEN
www.brunnen-verlag.de